LE DIABLE S'HABILLE EN VOLTAIRE

DU MÊME AUTEUR

Les Fous de Guernesey ou les Amateurs de littérature, Robert Laffont, 1991.

L'Ami du genre humain, Robert Laffont, 1993.

L'Odyssée d'Abounaparti, Robert Laffont, 1995.

Mlle Chon du Barry, Robert Laffont, 1996.

Les Princesses vagabondes, Lattès, 1998.

La Jeune Fille et le Philosophe, Fayard, 2000.

Un beau captif, Fayard, 2001.

La Pension Belhomme, une prison de luxe sous la Terreur, Fayard, 2002.

Douze tyrans minuscules, les policiers de Paris sous la Terreur, Fayard, 2003.

L'Orphelin de la Bastille, tomes 1 à 5, Milan, 2002-2006.

Les Nouvelles Enquêtes du juge Ti, tomes 1 à 19, Fayard et Points Seuil, 2004-2012.

La baronne meurt à cinq heures, Lattès, 2011, Labyrinthes, 2012.

Meurtre dans le boudoir, Lattès, 2012, Labyrinthes, 2013.

www.editions-jclattes.fr

Frédéric Lenormand

VOLTAIRE MÈNE L'ENQUÊTE

LE DIABLE S'HABILLE EN VOLTAIRE

Roman

JC Lattès

Maquette de couverture : Atelier Didier Thimonier
Illustration : *Jeune femme faisant sa toilette*, attribué à Nicolas Lavreince, D.R

ISBN : 978-2-7096-4290-3

Première édition mars 2013.

Zadig s'écria : « À quoi tient le bonheur ! tout me persécute, dans ce monde, jusqu'aux êtres qui n'existent pas. »

Zadig, Voltaire

PERSONNAGES HISTORIQUES, RÉELS, VÉRIDIQUES ET AYANT EXISTÉ

FRANÇOIS-MARIE AROUET, dit Voltaire

ÉMILIE LE TONNELIER DE BRETEUIL, marquise du Châtelet

MICHEL LINANT, abbé

RENÉ HÉRAULT, lieutenant général de police

LEFÈVRE, secrétaire de Voltaire

FIRMIN POLLET, vicaire de Saint-Nicolas du Chardonnet

MARIE-ANNE DOUBLET, salonnière

LOUIS DE BACHAUMONT, homme de lettres

ANNE DE ROISSY, comtesse de Coigny

CHARLES DE LA MORLIÈRE, homme de théâtre

QUINAULT, GRANDVAL, LEGRAND FILS, MLLE GAUSSIN, MLLE JOUVENOT, sociétaires de la Comédie-Française

PROLOGUE

Dans sa chambre du séminaire Saint-Nicolas, le père Pollet se recueillait avant sa messe du matin. Il était agenouillé sur un prie-Dieu, devant un autel où se promenait une perruche blanche qui ressemblait au Saint-Esprit.

Entre ces murs, depuis près d'un demi-siècle, il vivait reclus dans un univers dont le manque d'éclat le protégeait du péché d'orgueil. Firmin Pollet remercia le Seigneur de lui avoir accordé ses bienfaits et promit de continuer à s'en montrer digne autant qu'il le pourrait.

Sa vie aurait été plus simple si les rois n'avaient pas recruté leurs premiers ministres parmi les grands prélats. Même les cardinaux qui gouvernaient la France avaient besoin de se confesser, et « confesseur d'un cardinal qui gouverne la France » n'était pas un emploi qui vous laissait l'âme en repos. Le père Pollet s'entendait confier une infinité de petits secrets, de manigances, de turpitudes dont il aurait préféré ne rien savoir. En contrepartie, gratifié d'une parcelle d'autorité, il nommait en sous-main les bénéficiaires des charges ecclésiastiques distribuées par la Couronne, si bien que les quémandeurs encombraient son antichambre. L'humble vicaire était devenu homme d'influence, et cela aussi lui pesait. La tranquillité du séminaire, ce vide propice à la réflexion, était son seul trésor, l'arme par laquelle il surmontait l'écueil de la tentation. Il avait interdit que l'on jouât de la musique, que l'on chantât, que l'on parlât haut, afin de préserver le silence indispensable à l'enseignement, à l'étude et, surtout, à sa quiétude. Dans cette paix, il se sentait de taille à relever chaque jour le défi du vice et du pouvoir. Pour le reste, il s'en remettait à Dieu.

– Je renoncerai sitôt qu'il vous plaira de m'envoyer un signe, Seigneur, promit-il comme à chaque nouveau jour de son apostolat.

Un grondement assourdissant ébranla le sol, les cloisons, les carreaux de la fenêtre. La perruche s'enfuit à tire-d'aile pour se réfugier en haut de l'armoire. Un point d'orgue incohérent soufflait un vent de tempête. Quand le vacarme s'interrompit, ce furent des cris, des appels, et une cavalcade à travers les corridors. Trois coups furent frappés à la porte de la chambre. Toujours agenouillé, le père Pollet remerciait le ciel de l'avoir exaucé de manière aussi tonitruante.

– Il y a un mort dans notre église ! s'écria le père Tricalet, la figure décomposée.

– C'est trop, Seigneur, dit le père Pollet.

Il se signa, embrassa le crucifix et laissa le nicolaïte l'aider à se relever. Voyant qu'il sortait, la perruche se posa sur son épaule. Soucieux d'évaluer l'étendue des manifestations divines, le vicaire traversa la cour d'un pas régulier, à petites enjambées, entre les coups d'œil furtifs et les mines craintives. Les séminaristes affolés par le tintamarre regardèrent leur vieux directeur disparaître dans l'église par la porte basse du transept.

Tout était calme et ordonné. Firmin Pollet espéra que cela n'avait été qu'un malentendu, une exagération issue de l'imagination fertile d'un élève impressionnable, une inconséquence. D'un mouvement de tête, son guide lui proposa de monter au buffet d'orgue.

Le signe divin qui l'attendait en haut de l'étroit escalier se révéla déconcertant. Il se demanda s'il avait eu raison d'imputer au Seigneur un événement d'une nature très peu angélique.

Le défunt portait la soutane des professeurs. On l'avait écarté des claviers sur lesquels sa chute avait causé l'épouvantable fracas. L'échancrure sanglante dans le dos de sa tunique noire ne permettait guère d'attribuer à son décès une cause naturelle.

Un peu plus tôt, le sacristain chargé de préparer la messe était venu dégrossir le soufflet. Il l'avait actionné, ce qui d'ordinaire se faisait sans bruit. Très étonné par la cacophonie qui s'échappait des tuyaux, il avait cru que l'organiste en profitait pour ajuster ses registres. Comme cela ne finissait pas, il avait contourné le buffet d'orgue et avait vu le corps affalé sur les touches.

Contrairement à ce qu'on aurait pu croire, le mort n'était pas l'organiste. Les yeux troubles qui les contemplaient depuis l'au-delà étaient ceux du père Lestards, leur maître de scolastique. Que faisait un expert en dialectique chrétienne, si bon matin, couché sur un instrument dont il ignorait les premiers rudiments ?

Suivi du supérieur, de l'économe et du procureur de Saint-Nicolas, plus catastrophés l'un que l'autre, le père Pollet traversa le séminaire en sens inverse, sans se départir d'un sourire aussi serein que pour une fête paroissiale.

– Rien de grave, tout va bien, retournez à vos chères études, répéta-t-il au long du chemin qui menait du temple profané à la chambre du trépassé.

Celle-ci avait subi les ravages d'une tornade. Le contenu des tiroirs gisait sur le sol, les matelas étaient renversés, les traités anciens et les dictionnaires avaient été jetés à bas des rayonnages.

– Ne sentez-vous pas une odeur curieuse ? demanda le supérieur Tricalet en reniflant, le nez en l'air.

Il régnait un parfum soufré.

– Qui a pu commettre ces atrocités ?

– Une chèvre ! répondit le père Faverays.

Il désigna, sur les pages des livres piétinés, des empreintes boueuses caractéristiques de ces animaux. Il avait plu la veille au soir. Sans doute la bête avait-elle brouté dans les parterres du cloître avant de venir assassiner le prêtre.

– Le coupable est donc un pâtre, conclut le père Chevrolat, qui était plus sensé à défaut d'être observateur.

– Regardez mieux, leur enjoignit le vicaire.

Cette chèvre tueuse de théologiens avançait sur deux pattes. Qu'est-ce qui avait deux pattes et des pieds de bouc ? Le premier qui entrevit la réponse poussa un cri aigu, le deuxième recula, le troisième se laissa tomber dans un fauteuil, les larmes aux yeux, pour réciter un *Pater Noster*.

Firmin Pollet était consterné. L'idée que le diable avait commis ce crime empêcherait sa communauté de recouvrer la sérénité. Il présenta le poing à sa perruche, qui s'y percha, et lui lissa les plumes de sa main libre. Ce geste régulier l'aidait à réfléchir, et l'oiseau était probablement, dans cette pièce, le dernier être sain d'esprit.

En plus des effluves du démon venu souiller leurs parquets, trois peurs difficiles à réfréner s'imposaient : le procureur craignait d'être égorgé dans son lit, le supérieur s'attendait à voir Lucifer s'emparer de son âme au détour d'un couloir, l'économe redoutait un scandale qui eût fait de leur institution la risée de la France et de la chrétienté. Le vicaire se jugea mal épaulé pour régler en une fois, et dans la discrétion, ces trois problèmes épineux, sans parler du sien propre. Il lui fallait un allié capable de tenir sa langue, contrairement au lieutenant général de police, qui se confessait au ministre de la maison du roi, son maître, avec plus de détails que le cardinal auprès du père Pollet. Existait-il seulement, ce héros capable de braver Belzébuth pour la cause de l'Église, en un siècle où la moitié des gens sombrait dans un mysticisme craintif quand l'autre encourait la damnation promise aux libertins ?

Même s'il obtenait l'assistance de la force publique, les exempts ne vaudraient pas mieux que les religieux, ils ne feraient qu'ajouter au désarroi, ils seraient désarçonnés par ces circonstances bizarres, on n'en obtiendrait que des soupçons déplaisants et du bavardage. La rumeur, en revanche, se répandrait comme une traînée de soufre, le séminaire y perdrait sa réputation, ses élèves, ses donateurs, et lui, père Pollet, sa position si inconfortable et si enviée dans l'ombre du pouvoir. Qui ferait nommer de bons chrétiens à la tête des abbayes royales s'il tombait en disgrâce ?

– Que lisait-il là, le malheureux, quand le sort l'a frappé ? s'interrogea le père Faverays en prenant sur la table de chevet un livre qui avait échappé à l'ouragan.

Une grimace tordit sa bouche. Il avait entre les mains une édition clandestine d'un brûlot intitulé

Lettres philosophiques d'Angleterre, que l'on savait être d'un impie notoire, quoique l'auteur fût trop lâche pour signer son œuvre et finir avec elle au bûcher.

– Voilà une preuve d'intervention démoniaque ! Notre pauvre ami est mort damné ! Satan est venu le chercher pour le traîner aux enfers !

Le père Pollet lui ôta le livre et le feuilleta.

– C'est moi qui l'avais prié d'en prendre connaissance. Il devait m'indiquer les passages susceptibles de heurter un bon catholique.

L'ouvrage était constellé de croix dans toutes les marges. Il était regrettable que la rédaction du rapport eût été compromise, le défunt semblait avoir beaucoup à dire sur la question.

Les prêtres ne pouvaient détourner leurs regards de ces trois sujets d'affliction : la pièce retournée de fond en comble, les traces du bouc à deux pattes et le livre de Voltaire. Firmin Pollet voulut voir dans ce dernier objet le véritable signe par lequel la divine providence lui indiquait le remède à tous ses maux. Le crime avait été perpétré par un être infect, ignoble, sans scrupule, résolu à saper les plus belles institutions chrétiennes. La sagesse populaire ne disait-elle pas qu'il convient de soigner le mal par le mal ?

CHAPITRE PREMIER

Comment Voltaire prit un parti audacieux et se fit couler un bain.

En son deuxième étage de la rue de Longpont, Voltaire éprouvait une impression étrange : il se sentait un peu moins mourant que d'habitude. Il dut se rendre à l'évidence. Il n'avait mal nulle part, il allait presque bien. La nouveauté de cet accès de santé le désarçonnait, il fallait le dominer. L'énergie lui donnait de l'audace, le moment était propice à de grandes résolutions. Il décida de se faire monter un bain.

On se récria. Un bain, en hiver ! Il était patent que se laver gâtait la vue, engendrait les maux de dents, fanait le visage et vous exposait au froid. Déjà, en été, ces ablutions dénudées étaient réservées aux téméraires capables de braver les redoutables effets de l'eau et du savon.

– Vous avez raison, admit l'intrépide.

Son courage l'effrayait. Pour n'avoir pas à se dédire, il prit des mesures conservatoires : on calfeutra portes et fenêtres pour étouffer le plus infime courant d'air aux conséquences tragiques, on créa dans son cabinet une chaleur d'étuve, on reconstitua pour lui la moiteur de l'Amazonie. Chacun fut réquisitionné pour alimenter un feu de forge dans la cheminée comme dans le poêle, derniers remparts du génial cerveau contre la morsure du gel. Quand on eut créé une touffeur de hammam où ne manquaient que les odalisques, Voltaire envoya chercher son bain dans la rue avant qu'une végétation tropicale ne germât sur le parquet. On n'en avait pas fait davantage pour le baptême de Clovis.

Les gens bien informés avaient connaissance d'un projet qui consistait à pousser l'eau jusque chez les particuliers à l'aide d'une pompe installée sur la colline de Chaillot. C'était une idée folle que l'on réaliserait peut-être un jour. Pour l'heure, l'eau courante courait encore sur deux pattes.

Dumoulin, le logeur, héla un porteur de bains qui passait avec sa carriole, sa réserve d'eau, son bois, sa baignoire et ses paniers pleins de savons, huiles, onguents, crèmes, en un mot, tout ce dont Sapho ou Cléopâtre eussent rêvé, y compris, sur commande, le lait d'ânesse.

Tandis que se faisait dans l'escalier un va-et-vient de toute la maisonnée pour apporter le matériel et le liquide dans les hauteurs où vivaient les penseurs, Voltaire se félicita d'être né en un temps où la modernité vous offrait tant de confort.

Le maître baigneur disposa les instruments de son art devant un client paré pour affronter l'exercice, en bonnet pointu, pantoufles de tricot et robe de chambre doublée de martre. Le réceptacle était un baquet oblong en bois cerclé, grand comme trois marmites à confitures. Une fois le liquide réchauffé et versé, Voltaire quitta sa pelisse, s'avança dans le simple appareil de sa chemise longue et de son couvre-chef à pompon, et jaugea l'élément aqueux dans lequel on lui suggérait de plonger son corps si longtemps mis à mal par les embarras gastriques. Le contenu n'avait pas cette limpidité virginale qu'il s'attendait à lui voir. Il le soupçonna d'avoir déjà servi.

– Oh, seulement à une duchesse ! lui assura l'artisan. Monsieur ne dédaignera pas partager son bain avec une personne de condition, je pense.

Le postulant accorda à l'eau un deuxième examen. Elle était grise.

– À mon avis, il y a eu au moins une duchesse et deux marquises, dans cette eau-là. Vous ne l'avez pas tirée de la Seine, j'espère ?

Il ne comptait pas se tremper dans une eau où les bateliers faisaient pipi.

– Oh, monsieur ! Elle vient de la source la plus pure ! Je l'ai moi-même puisée à la fontaine de Chaillot.

C'était pourquoi, sans doute, il la faisait tourner : Chaillot était loin, le produit de la source pure lui faisait de l'usage. Comme on hésitait encore, il aiguillonna une vanité très commune à ses clients.

– Ah, monsieur ! Si je disais à monsieur le nom de la personne qui s'est baignée dans le bain de monsieur, monsieur serait très honoré.

Puisque tout était prêt pour des ablutions auxquelles il ne se résolvait pas tous les quatre matins, Voltaire se décida à prendre son bain de duchesse. Assis dans la cuve, en chemise et bonnet, il se sentit comme le dauphin d'Ésope dans le port du Pirée. Il se laissa glisser dans une douce torpeur, tandis que le commerçant descendait chercher des serviettes sèches dans les communs, c'est-à-dire se faire servir à boire et entreprendre la cuisinière.

Le baigneur se frotta d'un pain de savon parfumé aux amandes à travers le tissu collant. Alors qu'il tripotait ses pieds, non sans éprouver la jubilation du platonicien qui découvre la théorie du monde sensible, une étrangeté le surprit. Son intelligence toujours en éveil, même dans la volupté d'un séjour comparable aux délices de Topkapi, lui signala une incongruité. Ayant tâté une seconde fois, il se compta onze orteils. C'était là un miracle à la hauteur de saint Bonaventure prouvant que Dieu n'a point la forme d'une citrouille. Une communication en Sorbonne s'imposait.

Une chasse sous-marine lui permit de saisir l'intrus. Il le ramena aisément sous ses yeux : l'organe ne tenait pas au reste de son anatomie. Une terrible idée lui vint. Une seule maladie causait la chute des extrémités corporelles. On lui faisait prendre le bain d'un lépreux ! Il se redressa, prêt à sauter hors du marigot de location. Après les manigances des jansénistes, la conjuration des porteurs d'eau !

Il se ravisa. L'hypothèse ne tenait pas. Toutes les parties de son enveloppe charnelle étaient à leur place et l'on n'était pas ici à Bénarès ou à Damas. Il se rassit dans l'eau opaque et tiède, qu'il touilla à la recherche d'une autre pièce excédentaire.

Quand le maître baigneur vint voir si l'on goûtait à leur juste prix les efforts qu'il déployait pour la satisfaction de la clientèle, celle-ci lui présenta l'étonnant poisson que l'on pêchait dans sa saumure :

– Mon ami, ceci vous appartient.

– Ah, non, se récria l'artisan, j'ai mon compte.

Voltaire déclara l'orteil officiellement surnuméraire.

– Votre dernière pratique n'aurait-elle pas perdu quelque chose ?

L'homme répondit qu'il ne se permettait pas de dénombrer les appendices de ses clients, surtout quand ceux-ci étaient des dames.

L'énigme de l'orteil en était là quand survint la marquise du Châtelet, en grande capeline de taffetas rose et verte, munie d'un étui en cuir de vachette cerclé de cuivre. On la prévint sur le palier que monsieur n'avait pas fini d'enfiler les multiples couches de linge destinées à changer un lutin famélique en penseur identifiable dans tous les salons parisiens. Cela n'arrêta pas Émilie : elle recevait elle-même à sa table de toilette, pendant ses ablutions, tandis qu'on la coiffait, et n'eût pas hésité à converser depuis sa chaise percée, à l'imitation de Louis XIV, si le feu roi eût encore été là pour donner le ton.

Elle trouva son bon ami à moitié vêtu, philosophe en culotte de velours et bas plissés en dessous la ceinture, maigrichon en tenue d'Adam au-dessus. Rincé, frictionné, séché, pommadé, rhabillé, il se sentait un penseur neuf.

Elle s'alarma d'apprendre qu'un souci de l'hygiène tout à fait hors de saison l'avait conduit à braver la froidure, quoiqu'une moiteur de mousson embuât les vitres. Elle supposa qu'il avait risqué la mort pour lui plaire, afin d'arborer une propreté de nouveau-né parfumé aux amandes, et en déduisit que la passion amoureuse le portait aux excès.

– Un bain ! Quelle folie ! le gronda-t-elle.

– D'autres n'y ont pas survécu, admit-il en montrant le souvenir laissé par le commerçant.

La marquise se félicita d'avoir apporté son étui. Elle en retira sa dernière acquisition, un instrument d'optique qui la mettait à même d'observer les plus infimes choses. C'était une lunette qui tenait toute seule devant l'œil gauche. Cela grossissait mieux que la meilleure loupe. Grâce à l'engin, l'univers du minuscule n'aurait plus de secrets pour elle. Les plans venaient du *Journal des*

Savants, ils avaient l'agrément de l'Académie de Leyde, aux Pays-Bas, c'était un genre de présent qu'elle aimait à s'offrir, entre deux babioles pour décorer sa robe.

Elle lui fit chausser le gros lorgnon et lui suggéra d'examiner une mouche qui, trompée sans doute par la chaleur africaine qui régnait là, avait cru devoir quitter son état larvaire avec un peu d'avance sur l'arrivée des éléphants et des crocodiles. La mouche parut au scrutateur un monstre abominable, il recula vivement. Mme Dumoulin, sa logeuse, qui entrait à ce moment avec une pile de draps, vit un cyclope en bonnet avachi la dévisager avec une grimace. Elle poussa un cri, lâcha son linge et s'enfuit sans demander si la drosophile possédait de plus grandes ailes membraneuses que la mouche commune *musca domestica*.

– À quoi cela sert-il, s'enquit Voltaire, hormis pour espionner les parasites et terrifier le petit personnel ?

– Cela sert à vous dire à qui appartiennent les bouts de doigts avec lesquels vous vous baignez.

Armée de l'instrument, elle établit que l'intrus était une intruse, une dame de la bonne société, d'un âge respectable, et qui avait récemment connu des retours de fortune. Le philosophe s'étonna d'une telle précision.

– Les hommes nous disputent nos rubans, nos breloques, nos dentelles, mais point encore notre rouge à ongles, expliqua Émilie. Celui-ci se nomme

« Coucher de soleil sur Ispahan », on se le procure chez Bouchard et le flacon coûte six livres. Ce n'est encore que la deuxième catégorie, sur laquelle se rabattent les coquettes qui ne peuvent plus s'offrir « Soir d'été à Alexandrie », lequel monte à un louis. Les jeunes femmes à la mode vont plutôt chez Mercurin et préfèrent mettre du rose, ce qui nous donne une indication sur l'âge de votre amie l'estropiée, d'autant que l'ongle, sous le vernis, n'est pas de la première fraîcheur.

Voilà qui était intriguant. Des bouts de gueux, il en traînait partout : dans les charniers, à la surface du fleuve, dans les fossés et jusque sous les porches des hôpitaux. Les bouts de dames soignées, c'était plus rare. Voltaire se demanda qui pouvait être cette personne qui parait ses pieds avec assez de coquetterie pour les montrer même sans invitation. Il craignit pour la santé de la duchesse avec qui il avait partagé à contretemps les joies de la baignade.

– Je reçois le meilleur monde, dit-il en considérant l'orteil de condition qu'il tenait dans un mouchoir de batiste.

– Avez-vous prévenu la police, mon bon ami ? demanda Émilie. Votre porteur de bains me paraît fort suspect.

Bon ami n'en avait rien fait et s'en garderait bien. La police le trouverait, lui, plus suspect que tous les maîtres baigneurs de Paris, eussent-ils des abattis humains dans chacune de leurs poches.

Quiconque n'avait pas écrit *Les Lettres philosophiques* était moins suspect que lui.

L'intermède de l'orteil nageur ayant épuisé sa nouveauté, Voltaire exposa la nouvelle du jour vraiment intéressante. Il avait eu une merveilleuse idée pour intéresser tout le monde à sa philosophie. Il s'agissait de se faire de la réclame par le biais d'un grand succès populaire. Dans ce but, il avait composé une tragédie destinée à réformer le théâtre. Cela s'appelait *Adélaïde du Guesclin.*

– Je la montre aux Comédiens-Français, ils la jouent, c'est un triomphe, on me couronne de lauriers, et personne n'ose plus rien dire contre mes *Lettres* !

Émilie applaudit. Ce plan était merveilleux. Il y avait bien sûr une autre éventualité : les comédiens jouaient sa pièce, c'était un four, on le chassait à coups de betteraves pourries et il s'en allait réciter ses *Lettres* aux rats de la Bastille. Elle se tut pour ne pas compromettre ce moment d'euphorie.

Il semblait par ailleurs à la marquise qu'en tant que futur réformateur couronné de lauriers, il était mal servi. Son entreprise de pâte à papier à base de matériaux de récupération était une entrave à la propreté de sa maison. Les fétus de paille et les vieux chiffons sur lesquels il fondait ses espoirs de fortune traînaient partout. Il lui fallait un nouveau domestique, et un bon, qui mît de l'ordre à tout cela. On ne pouvait compter sur Linant, qui était en voyage dans sa famille.

– Linant n'est pas un valet ! s'insurgea Voltaire.

– Ah, vous voyez, nous sommes d'accord. Quand vous déciderez-vous à en avoir de vrais ?

– Et qui fera ma copie ?

– Des secrétaires.

– Et qui fera mon ménage ?

Puisque le rénovateur du théâtre avait fini d'empiler ses vêtements l'un sur l'autre, elle le prit par le bras et l'entraîna en un lieu magique, où l'on se procurait de valeureux serviteurs capables de changer un taudis crasseux et moite en un havre dédié à la philosophie combattante.

CHAPITRE DEUXIÈME

Comment nos héros partirent à la recherche d'un plumeau et revinrent avec une plume.

Leur promenade les conduisit sur l'île de la Cité. Comme ils traversaient le parvis devant l'Hôtel-Dieu, ils manquèrent d'être renversés par deux chevaux noirs qui tiraient un carrosse drapé de taffetas sépulcraux. Mené avec brusquerie, l'attelage semait sur le pavé le désordre et l'effroi, d'autant qu'un cahot plus violent fit jaillir de la malle un bras dénudé, blafard, vision d'horreur. Les passants furent convaincus d'avoir croisé la voiture du diable qui se hâtait vers ses royaumes d'outre-tombe.

– Si la police n'arrête pas ce cocher, conjectura Voltaire, c'est qu'il conduit un prince !

Ils atteignirent sans plus de mal le Marché-Neuf, ensemble hétéroclite de maisons bâties en bord de Seine au fil des siècles. En 1718, un incendie parti du Petit-Pont avait menacé de s'étendre à toutes les constructions dont la rive était encombrée, aussi un édit était-il sur le point d'ordonner la mise à bas des édifices et d'interdire boucheries et poissonneries.

C'était dans ce monde proche de sa fin que se tenait le Bureau des conditions serviles, dont l'appellation officielle était *Bureau d'adresses pour les maîtres qui cherchent des serviteurs et pour les serviteurs qui cherchent des maîtres*. Il se situait vers le milieu du Marché-Neuf, en face d'un fabricant de tables à jouer. On y enregistrait les offres et les demandes d'emplois en échange d'un quart d'écu.

Comme ils traversaient le marché, Voltaire avisa un beau verrat qui devait être encore plus charmant sur un lit de lentilles. Convaincu qu'il faut toujours s'enquérir du nom des personnes d'intérêt, il demanda celui du cochon. L'éleveur de porcs, qui l'avait reconnu, fut gêné de lui répondre.

– Votre Seigneurie ne voudra pas savoir le nom de cet animal.

Un doute naquit sous la perruque à rouleaux châtains d'époque Régence.

– Serait-ce celui d'un brillant philosophe qui a révolutionné la pensée de son temps ?

On acquiesça. Tout en poursuivant son chemin, Voltaire jugea qu'on n'était guère respectueux envers la mémoire de Socrate.

Émilie posta l'homonyme du cochon devant le grand tableau, certaine de lui faire trouver là son bonheur : il n'avait qu'à choisir. Les affichettes placardées par les domestiques étaient maladroitement rédigées par eux-mêmes ou joliment tracées par la main d'écrivains en boutique. Ceux-ci, pour quelques sous, vous tournaient le compliment d'une façon à faire prendre la dernière des souillons pour une fée du logis. Les annonces des maîtres variaient selon leurs études. Ces lectures en disaient beaucoup sur le fossé qui séparait les conditions sociales, même parmi le groupe de ceux qui payaient pour faire tenir leur ménage. Émilie lui en lut une qui paraissait intéressante.

– « Valet stylé, jeune encore, excellente présentation, service à la française et à l'anglaise, exigences très modiques, ayant été dans trois grandes demeures, cherche nouveau maître pour cause de décès. »

Voltaire traduisit le couplet du bon valet comme il eût composé une version latine à Louis-le-Grand.

– Un homme jeune, ayant peu servi, d'un maintien parfait et sans ambitions pécuniaires ? Comprenons : « Je suis un furieux, j'ai étouffé mes trois derniers patrons dans leur sommeil avant de voler leur pécule. Ayant été assez heureux pour ne pas être saisi par la maréchaussée, je me propose de réitérer sur votre personne. » Non merci. J'ai déjà mes jansénistes.

Émilie le jugea bien pointilleux. S'il voulait du personnel qui n'eût pas envie de l'étrangler, on allait avoir du mal à le satisfaire : il ne pouvait cacher indéfiniment son identité à quiconque vivait chez lui.

Ils prolongèrent une quête qui se révélait aussi ardue que la définition des actions réciproques dans un chapitre de Newton. Voltaire posa le doigt sur une affichette.

– Celle-ci, plutôt. « Petite boulotte bien en chair, vingt-cinq ans, chevelure flamboyante et peau de lait, s'emploierait comme gouvernante chez monsieur seul, tous travaux de jour comme de nuit, peu regardante sur les horaires, rude à la tâche, grande expérience en divers domaines. »

Émilie le pria de passer à la suivante.

– C'est un valet que nous voulons vous procurer, pas une maladie honteuse.

Voltaire délaissa l'annonce, bien que « petite boulotte bien en chair » lui parût une expression pleine d'intérêt. Il avait déjà remarqué combien sa chère amie avait l'esprit tourné de manière à voir le mal dans les formulations les plus engageantes.

Devant ce flot de marchandise au rebut, la marquise se demanda si l'écrivain n'eût pas mieux fait de déposer lui-même un avis de recherche.

– Et dépenser quinze sols ? se récria-t-il. Voyons plutôt ce qu'il y a là, je suis sûr de trouver mon affaire.

Il s'efforça d'évaluer la personnalité, les mérites et les dissimulations des candidats par l'analyse de l'orthographe, de l'écriture, du papier, des tournures, avec un art qui l'eût fait apprécier des services de police.

– Celle-ci ? proposa Émilie en désignant un carton aux belles lettres ourlées qui laissaient entrevoir de l'éducation, détail qui avait son importance dans la maison d'un érudit.

Voltaire jaugea brièvement ces lignes parfaitement droites dont il ne se donna pas la peine d'examiner le propos.

– C'est au séminaire qu'on apprend à rédiger ainsi. Si vous comptez placer chez moi un fanatique, j'aime encore mieux engager le dément aux oreillers.

De toute façon, il tenait son bonhomme.

– « Ancien moine sorti de sa communauté pour voir le monde, connaissance des langues mortes, cherche place précepteur ou tous travaux littéraires. »

Émilie nota combien il avait la mémoire courte sur certains sujets tels que la raison qui les avait conduits ici, et qui n'était pas d'atteler un parasite de plus à son chariot de mollusques plumitifs.

– Vous en avez déjà un comme celui-là, il s'appelle Linant. Un défroqué ! Chez vous ! Et pourquoi pas un protestant ? Croyez-vous que ce soit un service à vous rendre ? On dira que vous abritez l'hérésie pour tenir compagnie au vice !

Voltaire admit s'être laissé emporter sur sa pente naturelle qui le menait vers les rebelles plutôt que vers les valets. Ils parcoururent en silence ce triste florilège d'appels à l'aide, de résignation et de destins contrariés. Puis il s'écria :

– Voici la perle !

La perle se présentait sous la promesse d'un « valet de bonne tenue, courageux et travailleur ». Émilie donna son aval. Le portrait était sortable et elle commençait à geler sur pied en dépit de ses fourrures. Elle suivit Voltaire qui, au lieu de se faire conduire à l'adresse indiquée sur l'affichette, courut voir son rédacteur.

L'écrivain public officiait dans une grosse barrique qui devait avoir connu une première vie dans le transport du poisson. On y avait découpé une fenêtre à rideau, par laquelle le littérateur des rues pouvait s'entretenir avec ses pratiques. Voltaire se fit la réflexion que, tant qu'à écrire, mieux valait rédiger des tragédies pour faire pleurer dans les loges à un écu la chaise plutôt que du courrier à l'usage de la valetaille. Tous les genres littéraires ne se valaient pas. Son collègue en tonneau chauffait ses mitaines à un minuscule brasero où s'étiolaient trois braises. Les écritures publiques nourrissaient mal leur auteur ; sans doute celui-ci serait-il enclin à s'essayer aux écritures voltairiennes. Sa manière avait été jugée très lisible, quoique rapide, ses pleins et déliés témoignaient d'un esprit vif et sans œillères, c'était le parfait valet-secrétaire-copiste.

– Et le valet de bonne tenue dont il est parlé dans l'annonce ? lui rappela Émilie.

Voltaire balaya la candidature d'un revers de manche.

– Votre valet de bonne tenue a fait écrire pour lui, il est donc illettré, que voulez-vous qu'il fasse pour moi ?

– Le lit, la poussière, les tapis, répondit la marquise, que bon ami n'écoutait plus.

Il contemplait sa future acquisition, de l'œil attendri d'un amateur de poteries anciennes découvrant une amphore quasi intacte. Il l'évalua, examina son teint, guetta ses dents, le fit marcher. L'homme n'était pas trop grand – Voltaire n'aimait pas avoir l'air d'un gobelin de conte de fées à côté de ses employés – ni trop petit – on n'aimait pas non plus qu'il leur fût nécessaire de grimper sur une chaise pour desservir la table. Il présentait bien, n'était ni obèse ni efflanqué, son haleine n'était pas chargée de vin, nulle odeur corporelle n'émanait d'une quelconque partie de son anatomie – un détail auquel on était très sensible depuis qu'on s'était soi-même lavé au péril de sa vie. Le candidat, qui se nommait Lefèvre, avait un passé de poète pauvre et composait des vers.

– Une rime pour triomphe ? demanda l'employeur.

– Gomphe, répondit sans hésiter le rimailleur à louer.

La repartie était brillante, le mot « triomphe » étant réputé n'avoir pas de rime en français. Voltaire en eût sangloté d'émotion.

– Vous êtes le valet idéal ! Je vous engage !

On lui objecta qu'on ne s'était pas établi dans un commerce avec pignon sur rue pour s'abaisser à l'état de simple domestique.

– Cinq cents livres par an, blanchi, nourri, plus un abonnement gratuit au parterre de la Comédie-Française si vous dites que vous venez de ma part.

– Je suis votre valet ! déclara M. Lefèvre, qui repliait déjà son écritoire.

L'échoppe-tonneau fut bientôt vidée, repoussée contre le mur et abandonnée à l'enthousiasme d'enfants du quartier, qui lui offrirent une troisième carrière comme château fort assiégé par les Turcs.

Il sembla à Émilie que l'on avait négligé une étape, celle qui consistait à demander des références aux gens qu'on engageait. Lefèvre leur apprit qu'il venait de Lyon, ville où il était, à l'en croire, très honorablement connu.

– Je cherchais justement un valet honorablement connu à Lyon ! se réjouit Voltaire, qui trottinait en direction de Notre-Dame. Je suis tout disposé à vous prendre à l'essai. Goûtez-vous un peu la philosophie ?

Son futur valet avait lu Aristote à l'occasion d'études qui s'étaient révélées décevantes pour son avenir autant que pour sa famille. Voltaire se retint de l'embrasser sur les deux joues. Un valet recommandé par Aristote ne pouvait qu'être excellent.

Une fois rue de Longpont, il le prévint que, n'ayant point de richesses à faire partager, il faisait partager sa pauvreté. La pauvreté voltairienne se composait d'un vaste appartement dans une maison remplie de gens dévoués.

– Vous devrez vous accommoder de ce mauvais quartier.

– Oh, vous savez, j'habitais une soupente chez un équarrisseur.

– Je vais vous montrer ma soupente à moi.

La nouvelle acquisition se déclara enchantée de tout.

– Profitez ! lui enjoignit Voltaire, tel Dieu lâchant Adam à l'intérieur du jardin d'Éden. Profitez tant que je suis en vie, cela ne durera pas.

Lefèvre s'inquiéta de savoir son bienfaiteur mal en point. Peut-être avait-il lâché le tonneau avec trop de précipitation. Il se voyait déjà contraint de reconquérir son fief sur une cohorte de gamins armés d'épées en bois.

Les Dumoulin le rassurèrent : quand on meurt si lentement, l'entourage peut profiter du mourant sans trop d'inquiétude.

Émilie blâmait en silence l'incorrigible. Voilà pourquoi il serait toujours mal servi : on l'emmenait embaucher un frotteur d'argenterie, il rentrait avec un gratteur de papier. Il ne savait pas tenir son intérieur. Il lui aurait fallu une épouse, jeune, fraîche, docile, en pâmoison devant lui. Une telle femme eût bien sûr tout fait pour écarter la marquise qui occupait la place.

– Je crois que j'ai bien conduit cette affaire ! se félicita Voltaire, très content de lui.

– C'est vrai, de main de maître ! approuva Émilie.

Elle tâcha d'oublier les défauts du serviteur, un mauvais choix sous quelque angle qu'on l'envisageât, mais qui, au moins, ne lui ferait pas concurrence dans le cœur de son philosophe préféré.

CHAPITRE TROISIÈME

Où l'on voit les écoles chrétiennes nourrir la philosophie.

La première visite de Voltaire et de son nouvel employé ne fut ni pour la Comédie ni pour l'Académie : elle fut pour le fripier. Les gens fortunés s'habillaient chez les couturières à façon, les autres se contentaient des boutiquiers auprès de qui les premiers se débarrassaient de leurs vieux effets. Aussi l'habit faisait-il rarement le moine.

– Venez, dit Voltaire : je dois vous conduire dans une échoppe où je ne vais jamais.

Il s'y procurait les déguisements qui lui permettaient de se déplacer incognito. Lefèvre entendit le marchand accueillir son patron au cri de : « Ah ! Mon révérend ! Besoin d'une nouvelle soutane ? »

Les autres clients jetèrent un coup d'œil à l'abbé Voltaire, qui n'avait guère une tête à dire la messe. Le commerçant, un petit homme au sourire tatoué sur la figure, se piquait de suivre la mode et proposait de beaux atours.

– Je vois que l'ambassadeur de Gênes a encore eu des chagrins, dit Voltaire à la vue d'un pourpoint brodé d'or à trois écus l'aune, que monseigneur avait promenés un mois plus tôt dans les galeries du Louvre.

L'ouvrage était d'un rouge éclatant, pour vous faire remarquer à Versailles avec une croix de Saint-Louis sur la poitrine, mais difficile à porter autrement. Il était bien triste de le voir à présent accroché entre deux hardes : on eût dit que monseigneur avait été pendu à la lanterne. Les jeux d'argent faisaient un tort considérable à la diplomatie des républiques transalpines.

– C'est la preuve que la vie est mal faite, dit une cliente en lorgnant la resplendissante étoffe.

– La vie est mal faite, c'est pourquoi on l'habille de belles robes cousues avec amour, répondit le commerçant en lui glissant ses articles sous les yeux.

Voltaire avait besoin d'une livrée pour vêtir d'hiver son nouveau domestique : un valet aux couleurs ducales, même élimées, cela posait un philosophe.

Le fripier lui vanta plutôt un drap d'ameublement dont il venait d'acquérir vingt toises. Monsieur l'abbé pourrait retapisser quelques fauteuils et avantager son personnel au prix de gros, le tout dans un même brocart solide. Il lui assura que le jaune canari était tout à fait à la mode cette année, aussi bien pour les sièges que pour les gens de maison.

Afin de le décider, il lui offrit un lot de passements qui rafraîchiraient sa redingote couleur céleri à l'ancienne mode. La vêture datait visiblement du règne précédent, plus personne ne savait couper de cette manière, il fallait en changer quelques pièces à l'occasion si on voulait la faire durer. Comme quoi l'on pouvait être en avance sur son temps et s'habiller avec vingt ans de retard, ce qui avait l'avantage de vous faire remarquer à peu de frais.

Après avoir réclamé la réduction consentie aux gens d'Église, Voltaire fit livrer le tout « chez Dumoulin, vis-à-vis de Saint-Gervais », ce que l'on supposa être l'adresse de la cure.

Lefèvre fut chargé de mander le tapissier pour les mesures des fauteuils et de l'habit. Aussi Voltaire était-il seul et d'humeur allègre quand il se sentit attrapé par les épaules et par les pieds tandis qu'on lui enfonçait une cagoule jusqu'au plexus ; puis on le poussa à l'intérieur d'une voiture, qui fila vers la Seine.

Au terme d'un trajet assez court, mais que l'anxiété lui fit paraître aussi long qu'un Paris-Namur, il fut déposé à l'intérieur d'un lieu qui sentait la cire, les vieux livres et l'encens bon marché. Il supposa qu'il était entre les murs d'une communauté religieuse. Non d'un couvent, qui eût senti le chou recuit et les fluides corporels, mais d'un bâtiment peuplé de séculiers, probablement des enseignants qui entraient et sortaient, mêlant les odeurs du monde à celles d'un lieu de prière.

Il perçut le pas d'un homme âgé qui commandait à ses ravisseurs. Le froissement du tissu, le ton respectueux des réponses le confirmèrent dans l'idée qu'il était chez de saintes gens ; il s'effraya.

Des cloches sonnèrent l'office de tierce. Dès lors, il sut. Il n'existait pas un clocher dans Paris qu'il ne pût identifier à l'oreille. Ainsi que Pline le Jeune l'avait écrit en son temps et en latin : « Étudier son ennemi, c'est se connaître soi-même. » Ayant deviné où il était, il lui fut facile de mettre un nom sur celui à qui il devait cette aimable invitation.

– Vous voudrez bien me pardonner de garder le secret sur ma personne et sur ce lieu, dit son hôte. Si vous saviez qui je suis, vous me comprendriez. Je voudrais m'assurer de votre discrétion avant de me présenter.

– Vous êtes tout excusé, père Pollet, répondit Voltaire. Si nous en restons là, j'aurai du mal à prétendre que nous nous sommes *vus* en votre séminaire de Saint-Nicolas du Chardonnet.

Le révérend soupira. Il avait bien choisi son allié. Trop bien, peut-être. Il fit signe à ses acolytes d'ôter la cagoule qui cachait si peu de choses à leur visiteur.

Quand les yeux du philosophe se furent accoutumés au passage de l'ombre à la lumière, ce qui était sa spécialité, il découvrit devant lui la silhouette du vicaire le plus convoité de France. Sur ses poings croisés était posée une perruche blanche dont le plumage tranchait sur l'habit sombre des nicolaïtes. L'oiseau donnait au vieux prélat quelque chose d'angélique qui inspirait confiance. Voltaire fut tenté de prendre lui aussi un animal de compagnie.

Rondouillard, tassé, le nez pointu, le vicaire portait le col plat rectangulaire à bordure blanche des ecclésiastiques, un noir pourpoint d'où dépassait, aux manches, la dentelle de sa chemise. Il était coiffé d'une courte perruque poudrée, bouclée, mais dépourvue de galanterie. C'était, enfin, le genre d'abbé à son aise mais non coquet, qui pouvait se montrer partout, depuis la cathédrale jusque dans la chapelle privée d'un cardinal-ministre en mal de confession.

L'écrivain avait de quoi se féliciter d'être honoré d'un tête-à-tête avec un homme dont l'antichambre ne désemplissait pas de dignitaires aux titres ronflants venus quémander sa protection. Quitte à se voir à la merci d'un prêtre, il aurait pu tomber plus mal. Un vicaire assez honnête pour laisser son église de Saint-Nicolas sans voûte, sans maître-autel, sans travées, sans façade, en dépit de l'influence dont il usait quotidiennement, était un personnage hors du commun. Bien qu'il n'éprouvât pas pour les saints une passion débordante, Voltaire voulait bien admettre qu'il existait en ce monde des êtres moins fréquentables que le père Pollet.

En l'occurrence, ce n'était pas un problème de saint qu'avait le vicaire, mais un problème de diable.

– N'a-t-on pas récemment publié un traité où il est démontré que ce monsieur n'existe pas ? s'étonna l'invité.

Le prélat fit la moue.

– Je n'ai pas connaissance de pareils traités, je prends mes renseignements plus haut, dit-il en désignant le plafond.

– Quoi qu'il en soit, j'aurais cru que c'était là votre partie, insista Voltaire.

– Oh, ma partie, c'est plutôt le bon Dieu, dit le père Pollet. Pour le diable, j'ai préféré m'adresser à vous.

Cette histoire de diablerie le contrariait infiniment.

– Voyez-vous, l'Église n'aime pas qu'on parle trop de Lucifer.

– Comme je vous comprends, répondit Voltaire.

Sans doute craignait-elle qu'on s'aperçût qu'il n'existait pas.

Firmin Pollet exposa le motif de cette entrevue inopinée.

– Cher monsieur de Voltaire, l'Église a besoin de vous pour repousser les ténèbres !

– Cela tombe mal, répondit le philosophe, j'ai déjà un orteil sur les bras.

Le vicaire fit valoir les arguments grâce auxquels il espérait prendre le pas sur l'orteil. Il ne doutait pas qu'un si grand penseur – sans doute fallait-il entendre « un si grand pécheur » –, riche de tant de succès – comprenez « déjà damné pour moitié » –, n'eût à cœur de rendre service aux institutions de piété. L'intéressé renifla dans ce discours un vague fumet d'autodafé sur ses œuvres, voire sur sa personne. La suggestion allait être difficile à repousser. Il était temps de voir quel bout de gras on voudrait bien remuer sous son nez.

– Je devine que les institutions de piété ont prévu de m'exprimer leur reconnaissance…

De telles institutions pouvaient beaucoup, en un temps où un cardinal gouvernait la France. Le vicaire lui promit l'indulgence de l'État envers certains écarts littéraires, à la condition que l'auteur arrangerait leur affaire en cachette du lieutenant général de police, cet homme si plaisant que même l'Église ne voulait pas entendre parler de lui.

Si quelqu'un pouvait plaider en faveur des *Lettres philosophiques*, si injustement décriées, c'était bien le confesseur du cardinal, la voix vivante de sa conscience, le baromètre de sa conduite, son astrolabe moral. La perspective plongea Voltaire dans une extase à faire pâlir de jalousie sainte Thérèse d'Avila.

L'homme à la perruche et celui à la perruque étant tombés d'accord, ils se transportèrent sur les lieux du drame et de l'abjection qui, Voltaire s'en fût douté, se trouvait être l'église. Ses premières cogitations se vérifiaient déjà, il allait dissiper leur problème en deux coups d'encensoir.

On lui montra le buffet d'orgue où avait été découverte la victime d'un fâcheux incident qui impliquait une lame et un clavier. Puisque, fait étonnant, le défunt n'était pas l'organiste, Voltaire en déduisit que c'était ce dernier l'assassin. Les investigations avaient été rondement menées.

– Où est-elle, cette brute sanguinaire ?

– C'est moi, répondit d'une voix atone un petit nicolaïte aussi blanc que frêle qui s'accrochait à la rambarde.

Voltaire se résigna à poursuivre ses réflexions. Le mort enseignait la théologie catholique. L'enquêteur conclut que l'assassin devait être un janséniste illuminé. Il connaissait un nombre infini de ces fanatiques capables de s'attaquer aux plus honnêtes gens, aux écrivains purs comme des colombes, aux bienfaiteurs du genre humain et, pourquoi pas, à des théologiens amateurs d'instruments à soufflets. Il pouvait leur fournir des noms, il en avait un carnet plein. Nul besoin d'aller chercher plus loin. Cela avait été l'enquête la plus courte de sa carrière de philosophe.

Le père Tricalet insista pour que l'on cherchât le monstre ailleurs que chez eux.

– L'assassin ne peut pas être l'un d'entre nous. Nous sommes très à cheval sur la discipline. L'absence aux leçons, l'ivrognerie, l'hérésie et les tentatives d'assassinat sont des motifs de renvoi immédiat !

Voltaire se réjouit d'être dans un lieu d'une grande pureté morale où l'on poignardait son prochain entre deux messes.

Les bons pères avaient enveloppé leur compagnon d'un drap pour le coincer dans le réduit où l'on rangeait les partitions musicales et le petit matériel.

– Vous comptez le conserver là ? C'est votre placard à cadavres ?

Le visage du mort était grimaçant.

– L'expression de notre pauvre frère, expliqua le procureur de Saint-Nicolas, témoigne de l'épouvante qu'il a ressentie en se voyant assailli par le démon !

Voltaire le fit retourner. Le théologien avait été frappé entre les omoplates.

– Si vous aviez reçu un coup à cet emplacement, mon révérend, vous auriez vous aussi sur la figure un rictus de souffrance. Comme on l'a attaqué par-derrière, je doute qu'il ait vu son agresseur, si laide que soit cette créature.

Il remarqua des traces violacées à certains points de la peau. Il y avait des poils noirs sur les manches, de même que sur le registre d'orgue. La présence maléfique se confirmait.

– Asmodée ! s'exclamèrent les superstitieux.

S'étant penché, Voltaire découvrit un petit trou circulaire dans le bois, à la base de l'instrument. Il mit cette trouvaille en relation avec la précédente.

– Votre démon aime les souris. N'avez-vous pas ici un chat noir ?

Un mistigri couleur de charbon trottait sur la balustrade, à la recherche d'une bonne fortune dotée de grandes oreilles roses et d'une queue de rat. De toute évidence, le corps était resté longtemps coincé sur la rambarde, comme en témoignaient les bleus. Le chat, venu chasser la proie dont le nid s'ouvrait en contrebas, l'avait déséquilibré. Le défunt était tombé sur les quatre claviers de cinquante-six notes, d'où ce fracas retentissant lorsque le bedeau avait actionné les soufflets. Le forfait avait pu se produire bien avant cela.

– Alléluia ! dit le père Pollet, soulagé de voir leur affaire avancer, tandis que son économe se signait, un œil sur le démon en peau de chat, l'autre sur celui en perruque à marteaux.

Il était temps de montrer à ce dernier le logement mis sens dessus dessous par le Malin. Firmin Pollet emmena son petit monde à travers cours et couloirs. Une cloche sonna. Un parfum d'une exquise douceur pénétra l'orifice nasal du philosophe. Il demanda ce que c'était.

– On appelle pour le souper. Je crois que nous avons de la crème de potiron et des lentilles au jus de viande, ce soir. Nous vivons de peu, vous savez.

Le vicaire poursuivit sa péroraison sur la cherté du pain et la médiocrité de leurs revenus avant de se rendre compte qu'il parlait tout seul. S'étant retourné, il aperçut, à l'autre bout du corridor, une perruque Régence et un pourpoint céleri qui sautillaient en direction du réfectoire. Son invité avait bifurqué, la narine frémissante, tel un fox-terrier sur la piste d'une poule d'eau.

Quand Firmin Pollet le rejoignit, il était attablé parmi les professeurs tonsurés, les élèves en col plat, et tendait lui aussi une assiette à remplir d'un brouet dont il paraissait de beaucoup le plus enthousiaste. Sa coiffure crêpée tombant en avalanche de rouleaux châtains contrastait avec la triste sobriété des religieux. Il était au milieu de quatre-vingts jeunes gens, d'une vingtaine de nicolaïtes, de deux dizaines d'hôtes temporaires. Cela portait le nombre des commensaux à environ cent vingt personnes qui maniaient la cuiller. Les vêtements allaient de la soutane de laine noire à simple rabat jusqu'à l'étamine de damas ou de mérinos retenue à la taille par une ceinture en soie, dont le collet s'était mué en popeline mousseuse rehaussée de perles noires. Les plus délicats se coiffaient du seul modèle de perruque autorisé par l'évêché. Les autres se contentaient de leurs cheveux, pour ceux qui en avaient. Voltaire en conclut que l'argent n'était pas inutile, même au séminaire, surtout quand on ne chérissait pas les lentilles. On pouvait parier que le défunt avait des activités à l'extérieur, un point que Voltaire se promit d'examiner après avoir fait bombance dans cet Éden séminariste.

Le père Pollet décida de souper, lui aussi, bien que la vue d'un mort qu'il avait fréquenté de son vivant eût entamé son appétit. Jamais il n'eût imaginé qu'un auteur mondain, aux apprêts vestimentaires très éloignés de toute simplicité, se fût régalé de leur humble pitance. Le convive avala trois assiettées comme si chacune était la première. Il fallait croire que les textes impies rapportaient peu et qu'en définitive, le diable vous nourrissait moins bien que le Seigneur.

– Je vous félicite d'avoir su rester proche des nourritures naturelles, dit le vicaire, l'estomac retourné par ce spectacle gargantuesque.

– Votre sauce au lait, quel régal ! dit le goinfre. Cela glisse comme un rien. Livrez-vous à domicile ?

En plus du potiron, il y avait des cardons au beurre blanc, des pois, des navets et des œufs. Ce régime de lapin, maigre et peu relevé, remplissait exactement les conditions d'une heureuse digestion philosophique. Voltaire refusa la bière, qui le ballonnait, mais se jeta sur les prunes confites, à l'effet laxatif bien connu.

– Des mets légers qui vous conservent la santé ! se réjouit-il.

C'était heureux car, en cas de maladie, le séminaire facturait un supplément de cinq francs par jour pour les frais. Entre deux prunes, Voltaire apprit que les hôtes s'acquittaient de leur note grâce à la rente de leur cure, ou qu'ils donnaient des leçons de latin à l'extérieur, ou, comme la plupart des maîtres, qu'ils arrondissaient leurs émoluments en bénissant les mourants et les catafalques.

– Ces extrêmes-onctions et ces enterrements sont certainement de divertissantes petites sorties ! approuva le dîneur, tout à sa dégustation.

Firmin Pollet quitta la table sans attendre la fin du souper. Jamais jusqu'à ce jour une distribution de prunes ne l'avait écœuré.

Les agapes finies, le procureur guida l'amateur de verdures vers la chambre du théologien. Il crut devoir expliquer à ce visiteur le malaise qu'il ressentait en sa présence.

– Nous ne recevons pas d'habitude les gens comme vous…

– Les gens comme moi ? dit Voltaire, occupé à vérifier qu'aucune *lens culinaris* ne s'était égarée dans son jabot.

– Vous savez… Des gens pas comme les autres… qui prétendent penser par eux-mêmes…

Voltaire n'en fut pas étonné : le diable avait une prédilection pour les endroits peuplés d'imbéciles.

Une fois dans la chambre, où régnait une odeur d'œuf pourri et qui semblait avoir été ravagée par les Huns, Voltaire demanda quel était l'avis de la police. Firmin Pollet répondit qu'elle ignorait tout du drame ; il espérait bien que cela resterait ainsi. L'enquêteur tira sa montre de son gousset.

– Monsieur le vicaire mésestime René Hérault. Le crime a été découvert ce matin, il nous reste peu de temps.

Il ne regrettait pas, néanmoins, d'avoir perdu une demi-heure au réfectoire. Les agréables légumineuses qui tapissaient à présent l'intérieur de son estomac le récompensaient déjà du culte gastronomique qu'il leur avait rendu : elles décuplaient ses facultés d'analyse. Il se sentait l'intelligence aussi vive que lorsqu'il avait démontré l'ineptie des raisonnements de Pascal, ce grincheux à la réputation surfaite. Les circonstances du meurtre lui apparaissaient sans difficulté, les indices s'imbriquaient, les détails se révélaient, c'était le miracle d'une enquête aux lentilles. Eût-il connu le secret, Hérault en eût gavé ses adjoints avant de jeter sans pitié un philosophe devenu inutile dans un donjon de la rue Saint-Antoine.

Pollet arracha son visiteur à ses réflexions.

– J'aimerais savoir quel genre de barbare s'est permis de saccager la chambre de notre pauvre ami après l'avoir assassiné.

Voltaire rectifia la formulation : la chambre n'avait pas été saccagée, elle avait été fouillée sans soin et dans la précipitation. Le défunt était-il pourvu de quelque fortune dont son bourreau eût voulu s'emparer ?

On en doutait. Le père Lestards était de ces professeurs qui, après les leçons, distribuaient les derniers sacrements pour mettre du beurre dans ses lentilles.

À force de scrutation, Voltaire se dit que l'on avait cherché ici un objet précis. La hargne dont témoignait l'état du logement laissait penser qu'on ne l'avait pas découvert.

Avisant les traces de pattes de chèvre sur les livres qui jonchaient le sol, il s'étonna que la règle du séminaire autorisât des animaux de compagnie plus gros que les perruches. Un examen plus attentif des marques boueuses le mena à la même conclusion que le vicaire : il y avait eu ici un bouc à deux pattes.

– Eh bien, je crois que la chose est claire, vous aviez raison depuis le début, mon père : c'est le diable.

– Vous seriez bien bon de ne pas vous moquer, répondit Firmin Pollet d'une voix lasse, tandis que ses subordonnés recommençaient à transpirer comme des éponges.

Le père Chevrolat se fit leur porte-parole.

– Chacun sait que, malgré son art du déguisement, le Maudit ne peut dissimuler son pied fourchu. C'est un signe que lui impose Notre Seigneur pour permettre aux bons chrétiens de l'identifier.

Voltaire demanda s'ils avaient observé, ces derniers temps, d'autres manifestations surnaturelles telles qu'un crucifix marcheur – il y en avait un chez les moines anglais de Badminton –, qu'une statue versant des larmes de sang, comme celle de la chapelle Santa-Croce, à Naples, ou qu'une icône capable de lancer des injonctions aux dévotes de la paroisse, du genre de celle que l'évêque de Split avait cru nécessaire de déclarer miraculeuse.

Le père Pollet s'abstint de répondre. Il estimait, en son for intérieur, que la pénitence voltairienne envoyée par le ciel était un peu sévère et ses propres péchés, plus grands qu'il ne l'avait pensé.

– Pardonnez-moi d'insister, reprit le philosophe, mais… cela ne pourrait-il être le fait d'un de vos pensionnaires ?

– Un assassin au séminaire ! s'écria le père Faverays. J'aime encore mieux le diable !

– Le père Lestards n'avait-il pas de mauvaises liaisons ? Voyait-il des filles ? Misait-il la caisse du collège au biribi ?

L'énoncé incita le vicaire à se demander s'il n'avait pas fait entrer Satan par la petite porte après lui avoir fait bander les yeux. Il était temps d'exposer le véritable motif de son inquiétude. Ce crime, commis pour ainsi dire sous son nez, le compromettait. Comment resterait-il confesseur du ministre après un tel scandale ? À supposer que l'on disculpât les séminaristes au détriment du bouc, ce serait encore pire. Qui leur enverrait encore des jeunes gens à éduquer dans les règles de la foi ?

Un nicolaïte, la mine embarrassée, annonça que ces messieurs de la police étaient à l'entrée principale et réclamaient d'entrer. Le père Pollet ouvrit des yeux ronds. Le Châtelet pouvait-il avoir eu vent du drame ?

– Comme vous l'avez dit, mon père, vous étudiez beaucoup Dieu, mais pas assez le diable, commenta Voltaire.

Le vicaire n'avait pas l'intention de laisser le lieutenant général bouleverser sa communauté et aventurer sa place de confesseur, après que la première lui avait coûté tant d'efforts et la seconde, tant de compromis. Les révérends pères se hâtèrent de remettre de l'ordre et de faire disparaître les traces du crime. Quant à leur frère, on l'inhumerait sur place avec tous les égards dus à un bon serviteur du Christ. Il avait voué sa vie à cet établissement, il serait ravi de reposer sous les pétunias.

Le cadavre escamoté, il fallait faire de même du visiteur. Tandis que les exempts s'impatientaient, rue des Fossés-Saint-Victor, on l'entraîna vers une porte qui ouvrait à l'autre bout du pâté de maisons.

– Nos pieuses communautés ont toujours deux entrées, dit le père Pollet.

« Comme les maisons closes », compléta en lui-même son interlocuteur.

Il s'engagea à mettre toutes les ressources de la philosophie au service des institutions catholiques.

On eût accordé davantage de crédit à la promesse s'il eût baisé la main que lui tendait le vicaire, au lieu de la serrer comme si le religieux eût été un militaire à moustache.

À l'extérieur, une voiture attendait de conduire son passager sur les lieux qu'il croirait bon de hanter pour ses recherches. Voltaire sorti, l'économe s'inquiéta.

– Mon père, je crois que nous nous sommes adressés à un impie.

– Mon fils, répondit Pollet, même le diable a son utilité, sinon Dieu n'eût point toléré son existence.

On prévoirait quand même quelques flacons d'eau bénite, pour le cas où les effets de la philosophie sur leurs tracas fussent devenus incontrôlables. Le démon philosophique parti, il alla se consacrer à celui qui tambourinait au portail des Fossés-Saint-Victor.

Le premier lieu que Voltaire voulut visiter « pour les besoins de son enquête » fut son propre domicile, où il ne trouva pas le diable, mais un ange en forme de marquise.

– Ma chère amie, embrassez en moi le bras armé de notre sainte mère l'Église !

Déjà béatifié selon Sénèque et Pythagore, il ne s'était pas attendu à recevoir la bénédiction des autorités catholiques ; il lui restait à éviter la palme du martyr. Le vicaire de Saint-Nicolas lui avait recommandé le plus grand secret, aussi se retint-il quelques instants avant de tout expliquer à sa visiteuse. C'était encore un petit Himalaya qu'on lui demandait de gravir.

– Je suis l'âme damnée du père Pollet ! Jéhovah, frappé par la nullité de ses clercs, lui a soufflé l'idée d'en appeler à moi pour contrer Belzébuth !

– Vous sentez meilleur que lui, dit Émilie, qui ne cessait de humer ce même parfum d'amandes depuis qu'il pratiquait la philosophie à la manière d'Archimède.

Les bons pères pensaient que le diable avait commis le crime.

– Obscurantisme ! Obscurantisme ! répéta le philosophe aux amandes. Je suis consterné de voir que l'on croit encore au diable, à une demi-lieue de chez moi, en 1733 !

C'était regrettable. D'autant que le diable, pour beaucoup de gens, c'était lui.

Ce qu'il y avait de diabolique, dans cette affaire, c'était le talent du père Pollet pour faire la pluie et le beau temps dans les confessionnaux du gouvernement. Le vicaire y exerçait déjà son ministère sous la Régence, où la tâche avait dû être lourde. Il avait confessé l'abbé Dubois, qui dirigeait la France, le duc d'Orléans, qui dirigeait le roi, et, à présent, le cardinal de Fleury, qui dirigeait les deux. Par l'intermédiaire de Pollet, Voltaire tenait la clé qui permettrait la publication des *Lettres philosophiques*, ce fanal de la réflexion que l'humanité appelait de ses vœux.

Par ailleurs, Voltaire comprenait le combat du vicaire pour sauvegarder sa tranquillité, même si ce n'était pas le sien – le repos des écrivains, c'était dans la tombe –, et même s'il ne le soutenait pas – l'altruisme des écrivains, c'était quand leur main gauche caressait leur main droite. Il éprouvait aussi de la pitié pour le défunt : quoique théologien, ce Lestards était mort en lisant une édition interdite de ses ouvrages.

– J'ai de l'estime pour tous mes lecteurs. Amenez-moi le croquemitaine ; s'il lit mes livres, je le traiterai avec autant d'amabilité que saint Vincent de Paul.

« Et même peut-être davantage », pensa la marquise.

Elle s'étonna qu'un nicolaïte chargé d'enseigner la religion aux novices fût disposé à s'entremettre en faveur de textes qui faisaient vitupérer les bonnes âmes. Ce paradoxe n'inquiétait pas l'auteur.

– C'est un prêtre intelligent, voilà tout ! Il y en a, vous savez !

Qu'il fût intelligent, la marquise n'en doutait pas. Ce Pollet avait réussi à faire œuvrer Voltaire dans ses intérêts en échange de belles promesses. Ce n'était pas le séminaire qu'il fallait lui confier, c'était la diplomatie française.

Puisque l'on cherchait un délinquant diabolique, il eût été intéressant de savoir quelles apparitions méphistophéliques avaient été constatées, ces derniers temps, à travers la capitale.

– Nous pourrions demander à M. Hérault, suggéra Émilie. Il tient des fiches sur tout le monde, y compris sur le diable.

– J'ai mieux, bien mieux ! dit Voltaire. Allons voir Mme Doublet !

CHAPITRE QUATRIÈME

Où l'auteur se fait applaudir pour avoir fait pleurer les demoiselles.

Ils montèrent dans la voiture du séminaire et demandèrent au cocher de les conduire dans l'un des salons philosophiques de la capitale. Cet homme vit avec satisfaction que l'enquête allait bon train sur les sentiers sataniques.

Mme Doublet était comme Dieu : elle voyait tout, savait tout, et avait son domicile chez les bonnes sœurs. Dieu louait une petite maison dans la cour du couvent dominicain des Filles-Saint-Thomas[1]. Et, preuve que les jansénistes se trompaient du tout au tout sur la nocivité des penseurs modernes, Dieu les recevait à dîner.

Ce salon avait été surnommé la « Paroisse ». Les paroissiaux étaient priés d'alimenter en informations, rumeurs et ragots deux grands livres exposés

1. Ce couvent de dominicaines fut abattu en 1807 pour édifier la Bourse.

dans le vestibule, grâce auxquels on pouvait apprendre à peu près tout ce qui se passait ou ne se passait pas dans Paris.

À soixante ans, Mme Doublet, à demi impotente, ne sortait plus. Née dans la finance, elle n'avait jamais renié sa bourgeoisie ; sa seule ambition était d'être l'amie que tout libre-penseur voulait avoir. Les jours de réception, elle endossait sa plus belle robe, mais ses frais de toilette s'arrêtaient à une petite bague, à un petit collier, à de petites boucles ; elle laissait aux dames de condition la devanture des joailliers.

Une religieuse annonça le visiteur en rougissant.

– Cher ami des idées nouvelles ! dit Mme Doublet en lui tendant sa main. On ne vous voit jamais chez moi !

Il aurait été plus exact de dire qu'on l'y voyait chaque fois qu'il avait une information à glaner ou à répandre.

Louis de Bachaumont, un esthète qui vivait en concubinage avec Dieu, extrayait des deux grands livres ses « nouvelles à la main », sorte de périodique officieux, non imprimé, que l'on diffusait par copies manuscrites, et aussi des *Mémoires secrets de la république des lettres*, le seul ouvrage où l'on pouvait apprendre ce que le Perpétuel de l'Institut prenait à son petit déjeuner ou la couleur des bas de Marivaux. Le lieutenant général de police tolérait cette activité parce qu'il comptait lui-même au nombre des abonnés, ce qui ne l'empêchait pas de menacer les rédacteurs d'un séjour à la Bastille, de même qu'on donne un coup de bâton sur la croupe de l'âne pour lui rappeler d'avancer dans le bon sens. Aussi les paroissiaux se gardaient-ils de toute critique envers la justice, les parlements, la Couronne, le Conseil du roi, les Bourbons, la religion, les pairs de France, les princes étrangers, autant dire envers tout ce qui touchait au pouvoir ou aux bonnes mœurs, ce qui ôtait beaucoup d'intérêt à leur feuille mais garantissait à sa parution une certaine régularité.

Tandis qu'Émilie embrassait Mme Doublet, Voltaire lorgnait les grands livres, qu'il eût volontiers feuilletés à l'abri des regards. Se mettre en dette avec Bachaumont n'était pas dans ses projets ; et puis, on se fût inquiété de le voir fureter à la recherche de quelque bruit susceptible d'être utilisé contre quelqu'un. Aussi attendit-il, pour ouvrir les recueils, que leur hôtesse emmenât la marquise dans une autre pièce.

Bien que tout à fait détaché des trivialités, Voltaire eut l'impression de se promener dans la caverne d'Ali Baba. De paragraphe en paragraphe, il se laissa happer par un déferlement de rosseries, avec un irrésistible plaisir. Pourquoi ne venait-il pas plus souvent chez cette chère Mme Doublet ?

Un « hum » poli à défaut d'être bienvenu lui en rappela la raison, alors qu'il parcourait un récit où l'on détaillait les turpitudes d'un académicien en vue. L'écrivain soupira. Il s'était fait pincer. Dans son dos, l'assistant du bon Dieu le considérait avec un sympathique sourire de caïman.

– Voltaire ! Comment va ?

– Je lis votre prose, mon cher ami.

– Quand lirons-nous la vôtre ?

Ce n'était pas de sa dernière tragédie que l'on parlait. Voltaire connaissait le tarif : quiconque voulait consulter le grand livre était tenu de contribuer sous la forme de quelque anecdote qui lui ouvrait l'accès à tout le reste.

Des indiscrétions, Voltaire en avait plein sa besace, bien qu'il fût étranger à toutes les formes de petitesse. Cependant, la plupart ne pouvaient être divulguées dans une publication à trois sous. Pas question, par exemple, de mentionner le séminaire de Saint-Nicolas, même si l'évocation d'un assassinat dans une église eût renvoyé au néant les rivalités littéraires assaisonnées de coucheries qu'il venait de survoler d'un œil distrait. Il fut tenté d'inventer.

Il prit la plume et traça de son écriture ourlée quelques confidences qu'il estimait sans conséquence. Quand il eut fini, on lui donna des nouvelles de leur malheureux ami Blanchard, en passe d'être mis au pilori pour sa participation à ce même livre. Voltaire inscrivit dans sa mémoire ce qu'il ne devait surtout pas oublier de faire avant de partir : mettre le feu à cette bâtisse et à tout ce qu'elle contenait.

S'étant acquitté du droit de consultation, il tourna plusieurs pages et tomba sur des notations au sujet de son théâtre qui ne lui plurent guère.

– On est très impertinent, chez vous. Qui signe « Le critique masqué » ? J'aimerais le remercier des bontés qu'il a pour mon travail.

Le respect de l'anonymat empêchait qu'on lui répondît. Bachaumont révéla seulement que le rédacteur était au nombre des convives. Aussi Voltaire, une fois dans le salon, considéra-t-il chacun de l'air d'un inquisiteur espagnol devant un calviniste en chapeau noir, sans cesse demandant si l'on avait vu sa dernière pièce afin de déterminer sur quel crâne abattre sa canne.

Parmi les candidats au coup de massue voltairien figurait en bonne place le chevalier de La Morlière, thuriféraire très enthousiaste, qui proclamait très haut son admiration pour le précédent succès du dramaturge. Comme il employait exactement les formules dont usait l'auteur pour féliciter ses collègues au sujet de leurs torchons bons à jeter au feu, les compliments suscitèrent principalement de la circonspection.

La conversation, qui ne quittait guère le terrain des scandales, lui apprit qu'il n'était pas le seul aux prises avec les puissances des ténèbres.

– Savez-vous, dit Mme Doublet, que le garde des Sceaux parle de me faire enfermer au couvent ? Mais j'y suis déjà, au couvent !

Ses invités éclatèrent de ce rire plein de fraîcheur de qui n'a pas encore été pensionnaire de Sa Majesté en ses châteaux et forteresses.

Puisqu'il était environné de beaux esprits affamés de belles lettres, Voltaire en profita pour tester sur eux sa tragédie d'*Adélaïde du Guesclin*, qui s'était glissée d'elle-même par hasard dans son portefeuille[1].

– Vous vous souvenez sans doute de ma *Zaïre* ? dit-il pour vérifier qu'il n'offrait pas des perles aux cochons.

On se récria. Comment oublier ce chef-d'œuvre ! Jamais on n'avait vu une jeune esclave aussi maltraitée supporter avec tant de courage son exil chez les Mahométans, et pleurer avec tant de grâce sur la scène du Théâtre-Français. Voltaire se sentit enclin à les faire pénétrer plus avant dans le mystère de la rénovation dramatique.

– J'avais réussi là une pièce de chevalerie turco-chrétienne. Eh bien, j'ai ôté le côté turc pour ne pas lasser, j'ai ôté le côté chrétien pour ne pas impatienter l'Église, qui est si chatouilleuse, j'ai gardé le Moyen Âge, et voici ma nouvelle création : la tragédie médiévale en cotte de mailles !

Il comptait que le panache des héros médiévaux charmerait son public.

– J'ai choisi le règne de Charles VII. C'était une belle époque : on n'y connaissait pas les

1. Son porte-documents.

jansénistes. J'en profite pour explorer les grands thèmes : l'héroïsme chevaleresque, l'amour courtois...

Au fil de la lecture, on vit que l'auteur se faisait de l'amour courtois une conception très éloignée de *Tristan et Iseut*. La pauvre Adélaïde se voyait sur le point d'être violentée du premier au quatrième acte, et survivait de justesse au cinquième. En pleine guerre civile de 1387, la nièce du célèbre Du Guesclin, née d'une fertile imagination romanesque, était sauvée des derniers outrages par le duc de Vendôme, un Bourbon qui passait par là. Hélas, monseigneur avait à peu près les mêmes intentions que les sacripants. Adélaïde lui résistait d'autant plus fermement qu'elle s'était fiancée en secret avec le frère de son sauveur, le duc de Nemours – ce qu'on pouvait juger d'une modernité ébouriffante pour l'an 1387, et même pour l'an 1733. Nemours, venu la délivrer les armes à la main, se laissait sottement capturer par les séides de son frère. L'ignoble Vendôme ordonnait son assassinat entre deux portes, ce qui situait les Bourbons au niveau des Atrides. À l'acte suivant, tenaillé par le remords, Vendôme clamait qu'il allait s'immoler sur le corps de sa victime. Adélaïde était prise d'un élan suicidaire, bref, chaque protagoniste avait un ou deux pieds dans la tombe. Jusqu'à ce que – miracle de la raison qui fondait sur le Moyen Âge ! – on apprenne que l'ordre d'étriper Nemours n'avait pas été obéi. À la dernière scène, où les comédiens étaient priés d'avoir encore des larmes à verser pour l'agrément du public, tout le monde pardonnait à tout le monde, les sentiments de tolérance et d'humanité fraternelle triomphaient comme dans les contes de fées, et cela finissait par un mariage, le propre de la tragédie médiévale étant de se conclure dans la joie universelle.

Cette fin heureuse n'empêchait pas l'auteur de chercher à faire larmoyer son auditoire d'un bout à l'autre. Il y parvint à grand renfort de trémolos, de soupirs, de sanglots, et par une expressivité outrée.

Je suis bien malheureux ! bien digne de pitié !
Trahi dans mon amour, trahi dans l'amitié !

Il tirait des larmes à son public à force de pleurer lui-même. Les servantes de Mme Doublet distribuaient des mouchoirs secs et mettaient les autres à sécher devant la cheminée. En plus d'avoir bien saisi la sensibilité de 1733, mieux, peut-être, que celle de 1387, le défenseur de la raison incarnait ses personnages, ce qui, dans le cas d'Adélaïde, le poussait à s'exprimer avec une voix de fausset.

Les bravos furent unanimes et chaleureux. On s'étonna de la véracité du tableau. La recette de l'auteur était toute simple :

– À travers mes héros, je vis une autre vie, plus intense, plus belle.

– Et plus courte, dit Bachaumont.

– Je touche mon public aux points sensibles. Je me suis fait une liste des points sensibles : c'est là que je touche.

– Vous avez touché le point sensible du garde des Sceaux, dit Mme Doublet : je me suis laissé dire qu'il voudrait vous parler de vos *Lettres philosophiques*.

Voltaire savait cela. Aussi avait-il glissé dans *Adélaïde du Guesclin* quelques flatteries à l'intention du roi, du trône et des Bourbons, afin de compenser pour ses *Lettres*.

Le chevalier de La Morlière promit de travailler au succès de la pièce. C'était une grâce qu'il offrait à gage aux auteurs incertains d'obtenir les justes éloges dus à leur talent. Il énonça les mesures, nombreuses, qu'il comptait prendre pour assurer ce prodige. Quand on en vint aux frais à engager et à la personne qui devait les assumer, Voltaire résolut de soutenir son génie de la manière habituelle : par lui-même et sans bourse délier.

Parvenu au summum de l'admiration qu'il pouvait susciter, il fit comme les reines de tragédie : il se retira sans attendre de voir faiblir les applaudissements.

Émilie, qui connaissait son philosophe comme un *trophimos* son *didaskalos*[1], avait pris soin de consulter le grand livre pendant que l'auditoire était captivé par les remous de l'acte III. Elle savait

1. Maître et élève de la Grèce antique.

qu'ayant eu son content de félicitations, il filerait à la vitesse d'une balle de fusil, aussi importait-il de s'enquérir des apparitions diaboliques avant cet événement.

Elle glissa sur les habituels récits de possession, d'une banalité à assommer un insomniaque ; de même, une naissance qualifiée de « mystérieuse » chez une dévote qui ne fréquentait aucun homme, un cas pour lequel on n'avait pas besoin de déranger Lucifer. Le bruit courait que les âmes du purgatoire, restées bloquées dans le sous-sol parisien, réclamaient de la monnaie pour leur transit ; René Hérault avait interdit aux imbéciles de jeter leur argent dans les trous de la chaussée. La principale information en provenance des enfers touchait aux embardées du carrosse noir hanté par des cadavres, qui circulait sans Dieu ni maître sur les boulevards et suscitait l'inquiétude des gens de pied. La marquise reconnut dans la description d'un « char sépulcral tiré par deux cavales en furie » la voiture aux voiles de crêpe qui avait manqué les renverser sur le parvis de Notre-Dame.

Une fois dehors, elle en fit part à Voltaire, qui se montra enthousiaste. L'apparence du véhicule, l'émoi qu'il soulevait et un mépris certain pour la vie des philosophes indiquaient sans contredit l'intervention d'une puissance maléfique : si le diable devait être cherché quelque part, c'était de ce côté.

– Comment peut-on croire à ces sottises de morts-vivants qui déambuleraient dans les rues de Paris ? s'indigna Émilie.

– Vous avez parfaitement raison, ma chère, répondit Voltaire, le sourcil froncé. Pourquoi les morts-vivants quitteraient-ils leurs châteaux des Carpates ?

Elle sourit. Il était encore plus amusant quand il n'avait pas la mine de faire de l'esprit.

CHAPITRE CINQUIÈME

Où l'on voit le diable poussé dehors par l'Église, et l'Église par la superstition.

À son réveil, Voltaire apprit avec surprise qu'un valet attendait à l'entresol pour lui remettre des lentilles en sauce. Bien qu'il n'eût rien commandé, il autorisa le livreur à monter : on ne ferme pas sa porte à un plat de lentilles qui passe.

Le petit cadeau venait de Saint-Nicolas du Chardonnet.

– Ah ! dit Voltaire. On m'envoie les secours de la foi !

– Le vicaire vous recommande particulièrement l'os à moelle, dit l'émissaire.

Le récipiendaire de ces bontés vit qu'on l'avait calfeutré d'un bouchon de cire pour protéger le courrier. Ces messageries catholiques étaient très bien conçues. Il prit connaissance de l'os à moelle et donna sa réponse.

– Vous remercierez le vicaire pour la qualité de son assaisonnement. Dites-lui que ses désirs seront comblés.

Il indiqua, pour un prochain message, que les poireaux vinaigrette étaient aussi une manière très commode de diffuser la bonne parole, en plus d'être digestes.

Le père Pollet lui adressait la liste des personnes avec qui son théologien pourfendu était entré en contact un peu avant sa mort. On pouvait y lire en bonne place le nom d'une jupière, la dernière défunte qu'il avait expédiée vers un monde meilleur avec les sacrements.

Voltaire remisa cette piste pour plus tard et rejoignit sa marquise à l'Hôtel-Dieu : leurs travaux du jour en faveur de la paix de l'Église devaient porter sur la recherche du carrosse lugubre qui affolait Paris.

Ce qu'il y avait de plus beau, dans cet hôpital, c'était une façade gothique qui s'accordait avec celle de Notre-Dame, un style tout à fait passé de mode en ces temps voués aux colonnes à la grecque. Voltaire considéra d'un œil réprobateur la dentelle de pierre percée de rosaces et rehaussée de statues. Le reste de ce bâtiment tortueux s'étendait le long du parvis, traversait la Seine sur le pont au Double et revenait en *U* par la rive gauche. Les piétons qui empruntaient le pont versaient un liard pour les pauvres.

Émilie admira cette institution charitable où elle n'avait jamais mis les pieds, les gens fortunés se faisant soigner chez eux.

– Tout de même, au Moyen Âge, malgré un certain obscurantisme, les citadins donnaient de bon cœur pour avoir soin des nécessiteux.

– Oui, enfin, c'était surtout pour ne pas voir les rues encombrées d'agonisants plus ou moins contagieux, dit Voltaire. On les mettait ici et on ne les voyait plus. La bonté y avait peu de part.

De ce point de vue, on eût même pu dire que l'hospice était une création de la raison.

– Plutôt que de cette prison pour malades, reprit le visionnaire, je rêve d'un hôpital où l'on entrerait souffrant pour en sortir guéri.

Comme les malheureux s'entassaient à six par lit dans les salles communes, Émilie supposa que c'était surtout l'inverse qui se produisait. Les bonnes sœurs transportaient des écuelles remplies du sang des saignées. La marquise, qui s'intéressait à tous les aspects de la science, sortit de son aumônière deux sachets d'un mélange de camphre et d'autres substances dont le parfum prophylactique redressait la corruption de l'air. À en croire la Faculté, ils vous préservaient de la contagion ou, si vous étiez tout de même atteint, ils réduisaient la peste à l'innocuité d'un rhume. Voltaire, qui avait failli maintes fois succomber à des rhumes, pressa son remède sous son nez avec la ferveur d'un pèlerin découvrant l'odeur de sainteté.

Leur problème était de dénicher le diable qui venait ici en carrosse avec son train de cadavres.

Par chance, il avait eu l'amabilité de leur indiquer le chemin.

– Ne sentez-vous pas un relent déplaisant ? dit Voltaire, la narine en alerte et le front plissé.

Émilie n'avait pas besoin de ses instruments pour identifier la fragrance. Ce que Voltaire percevait comme « un relent déplaisant », même à travers un sachet de camphre, émanait de la combustion de gomme oliban appelée « encens d'église ».

Des religieux déboulèrent d'un couloir, suivis d'une foule en transe composée de malades à divers degrés de décrépitude, de blessés clopinant sur des béquilles, de visiteurs en extase, de riverains et de commerçants du Marché-Neuf, leur tablier à la ceinture. Armés d'un attirail antiphilosophique, les prêtres avaient devancé les enquêteurs. Heureusement, les manœuvres pour écarter le Malin étaient sans effet sur les philosophes.

Quelques médecins en blouse grise fermaient le cortège, la mine beaucoup moins ravie que leurs patients. Eux n'allaient pas exercer la médecine dans la cathédrale en face ; à chacun ses ouailles.

Le plus décoré des intrus dispensait les bénédictions d'un exorcisme, entouré de clercs qui balançaient leurs encensoirs. En chasubles dorées, cela avait belle allure. Pourtant, monseigneur, que l'on avait tiré d'un archevêché avec vue sur la Seine, manquait de conviction dans le geste. Ces grands prélats se livraient à contrecœur à des exercices qu'ils jugeaient indignes d'eux. Ils s'y prêtaient parce que leurs fonctions leur conféraient du pouvoir sur le démon : comment celui-ci n'eût-il pas fui devant un évêque de vieille noblesse ? Il ne fallait pas contrarier le peuple, qui croyait à la toute-puissance de la mitre et du blason. Il eût été difficile de réclamer la dîme à vos paysans s'ils n'eussent plus vu en vous le bouclier de la volonté divine. On ne pouvait arborer des broderies à huit écus la toise et priver le petit peuple des fastes consolatoires, il fallait bien justifier les chasubles.

– J'ai l'impression que les évêques et vous avez un point commun, dit Émilie : vous doutez de l'existence du diable.

Une paroissienne leur expliqua le sujet de la cérémonie. Il y avait eu ce matin-là une apparition de mort-vivant dans les couloirs de l'hôpital. La foule en émoi s'était portée chez monseigneur. Elle en était revenue avec l'un des diacres, qui lui avait été jeté en pâture comme on abat le mât d'un navire dans la tempête. Voltaire comprit pourquoi l'Église n'encourageait pas la croyance dans les créatures surnaturelles : cela forçait les prélats à quitter leurs hôtels pour se donner en spectacle d'une manière peu gratifiante.

La servante d'une dame qui venait de décéder avait eu la surprise de voir sa patronne traverser l'Hôtel-Dieu sur ses deux jambes, puis le parvis, et disparaître dans la rue de la Licorne, alors qu'on l'avait enterrée deux jours plus tôt dans le cimetière des Innocents. La promeneuse portait les vêtements avec lesquels on l'avait inhumée, coiffe et cape comprises, à parements de loutre suédoise, qu'elle s'était cousue elle-même et qu'on ne pouvait confondre avec une autre. On en avait déduit que le cadavre s'était relevé de la tombe pour rendre visite à quelque autre défunt de cet hôpital.

Les cris de la visiteuse, son émoi, sa conviction avaient bouleversé la populace, déjà ébranlée par les rumeurs de voiture satanique, ce véhicule venu saisir les âmes des pécheurs, que nombre de témoins avaient vu de leurs yeux. L'apparition de la morte-vivante avait déclenché une émeute, nul ne savait jusqu'où un tel remue-ménage pouvait aller. La garnison la plus proche était à la Bastille. Bien sûr, cette forteresse offrait une protection immuable contre les intempérances du peuple parisien, mais le pouvoir souhaitait user de ce recours à bon escient, on la gardait pour un jour de forte turbulence où elle montrerait enfin l'étendue de son efficacité. L'armée écartée, la paix publique pouvait compter sur le secours de l'Église, à condition d'insister un peu.

Voltaire pestait contre la superstition. Que se souciait-on de morts-vivants quand il y avait, si près, tant de morts véritables, sans parler de ceux qui ne l'étaient pas encore tout à fait !

La dame qui avait vu la mort en marche insista pour qu'on allât aussi exorciser au domicile de sa patronne. Comment eût-elle dormi dans une maison où la disparue, qui de toute évidence ne souhaitait plus coucher dans sa tombe, risquait de se présenter à toute heure de la nuit pour faire bassiner son lit ?

– Qui est cette folle ? demanda Voltaire.

Elle avait servi cette marchande de jupes administrée par le père Lestards. Voltaire révisa son opinion : c'était une folle intéressante. Il décida de suivre le cortège sur les traces de soufre et de bêtise laissées par le démon.

La jupière des ténèbres possédait une maison bourgeoise, cossue mais délabrée, sur la rive gauche, rue du Bon-Puits, à côté des Bernardins. On voyait aisément, au crépi fatigué, aux huisseries dévernies, que l'endroit avait souffert d'un manque d'entretien ces vingt dernières années. La propriétaire, une femme âgée, y avait vécu modestement avec son petit personnel : un homme à tout faire, une femme de charge et une cuisinière.

L'intérieur se composait de quelques pièces meublées à l'ancienne, rien qui justifiât qu'on s'arrachât au séjour d'outre-tombe. Un œil attentif devinait toutefois que la défunte avait eu de l'argent plus qu'il n'y paraissait. Quand on n'avait pas de quoi s'offrir des rideaux neufs et du bois de chauffage, on se défaisait d'une vaisselle de fine porcelaine et de cruches en vermeil qui ne vous empêcheraient pas de mourir d'une fluxion de poitrine. Un financier avisé se fût demandé à quoi madame utilisait sa fortune.

Le diagnostic fut bientôt fait. De son vivant, la jupière souffrait d'un de ces maux pernicieux des personnes forcées de s'inventer un motif de malheur : l'avarice, ce racornissement de l'âme, ce retrait de la vie pour cause de crainte irraisonnée, cette lubie qui force à appuyer sa misère sur un mur d'or, ce mirage venu remplacer le bonheur et le plaisir que l'on n'éprouve plus. Seule entorse à la parcimonie, elle avait recueilli un orphelin, ce qui lui vaudrait sûrement l'indulgence de saint Pierre quand elle se déciderait à paraître devant lui.

Retirée du commerce, elle n'avait plus pour entourage que les serviteurs et l'enfant, installé chez elle comme on adopte un animal, et qu'elle ne traitait pas beaucoup mieux que cela, trop accaparée par ses hantises pour s'intéresser à autrui, si bien qu'il était permis de douter si elle n'eût pas mieux fait de prendre un chien. C'était en tout cas la conclusion des domestiques, plus soucieux de se partager la vaisselle que de veiller sur le gamin.

La chambre mortuaire était un étalage de crucifix, de bibles, d'images pieuses, de médailles saintes réputées lutter contre le mauvais sort. La brave dame était confite en une dévotion tissée de peurs superstitieuses. La cuisinière raconta à Émilie qu'alitée depuis deux semaines pour cause d'apoplexie, elle s'était éteinte en répétant qu'elle avait vu le diable. Ces mots prenaient aujourd'hui une force à terrifier Paris, depuis la rue du Bon-Puits jusqu'au Pont-Neuf.

Tandis que la marquise écoutait ce discours peu conforme aux convictions du philosophe, celui-ci promenait son regard sur les bibelots. Ils heurtaient son goût pour la beauté et pour les Titien – ou pour ce qui passait pour du Titien chez les brocanteurs. Il remarqua sur l'un des murs un carré de peinture décolorée.

– Ne manque-t-il pas quelque chose, là ?

On avait, lui dit-on, placé ce cadre à l'abri, ainsi que divers objets parmi les plus précieux, parce que « le monde est plein de voleurs ». Voltaire acquiesça à cette dernière remarque.

Ils gagnèrent le salon, où monseigneur esquissait de vagues signes de croix pour bouter Belzébuth hors des armoires et des commodes. Le décorum qui avait fait illusion sous les plafonds de l'Hôtel-Dieu perdait de sa superbe dans ces petites pièces étriquées. Le désenvoûtement était à la peine. Le prélat avait l'air d'une cigogne essayant de se percher sur un nid de moineaux : il avait beau se tortiller, rien n'allait. Les amples manches de brocart ne brassaient que de l'air, les exclamations latines, parfaites pour un effet cathédrale, juraient dans l'intimité d'un intérieur bourgeois. Pire, on sentait combien le ridicule l'entravait. Il se savait observé et non plus admiré, cela lui ôtait ses moyens. Il psalmodiait avec ennui, marmonnait quand il eût fallu tempêter, rechignait à effleurer les paroissiens, chipotait dans le grand combat contre le Mal, on voyait bien qu'une part de lui, celle qui était malgré tout de son temps, refusait de se prêter au jeu du faste et de la crédulité. Son public était déçu. En bon adepte du théâtre, Voltaire savait reconnaître un four. Le mieux qu'on pouvait faire était de baisser le rideau et de remplacer le drame pompeux par la comédie légère des fins de soirées. Ce fut précisément ce qu'il advint.

Son Éminence tomba nez à nez avec un long bonhomme sec et ridé, flanqué d'un valet rondouillard qui portait un sac débordant d'accessoires. L'échalas se présenta sous le nom d'Augustus Krakenberg, natif de Westphalie, grand connaisseur en démonologie. Il prétendait maîtriser les méthodes les plus éprouvées, tirées de la nécromancie la plus pointue.

Le prélat leva les yeux au ciel. Plus moyen d'exorciser en paix. Il se tourna vers les domestiques.

– Choisirez-vous un prêtre agréé par l'évêché ou un charlatan adepte des tours de passe-passe ?

– Nous vous choisissons vous, monseigneur, bien sûr, affirma le valet, qui baisa l'anneau de la main gantée. Comment oserions-nous ?

Tous les fidèles présents assurèrent Son Éminence de leur considération et la reconduisirent à la porte avec beaucoup d'égards. Une fois celle-ci refermée, ils se tournèrent vers le charlatan.

– Nous allons pouvoir commencer ! déclara la cuisinière avec entrain.

Les délicatesses du haut clergé faisaient la fortune de Krakenberg. Tandis que le maître se concentrait, son assistant expliqua qu'ils avaient la chance de rencontrer un éminent savant germanique venu éclairer les Parisiens de ses lumières.

– Ses lumières ! Un collègue à vous ! déclara Émilie, au grand déplaisir de Voltaire.

Chacun pouvait s'intituler « éminent savant ». Il se considérait lui-même comme un fin connaisseur en saucissons, cela ne faisait pas de lui un éminent charcutier.

Augustus Krakenberg, qui se disait âgé d'une cinquantaine d'années, était si hâve et fripé qu'on lui en donnait quatre-vingts. Il se livra à une purification générale de la maison, avec force exhortations de sa voix rauque et de ses membres décharnés. Il braillait des sentences en langue inconnue, projetait du sel dans tous les coins, frappait avec sa canne d'invisibles succubes. L'assistance tremblait, geignait, s'exclamait et sursautait au moindre grincement du parquet, quand un courant d'air remuait un rideau ou claquait une porte. Voltaire ne regrettait pas son détour. L'Église allait devoir se reprendre : si *herr* Krakenberg s'avisait de fonder une fraternité mystique, il eût piétiné les plates-bandes des palais épiscopaux.

Deux questions trottaient dans l'esprit du philosophe : quelle trompette céleste avait prévenu cet illuminé qu'il y avait ici un terrain pour ses débordements, et quelle raison avait poussé l'« éminent savant germanique » à fuir ses éminents travaux de Westphalie pour venir contrister les éminents religieux d'ici ? Le prétendu savant lui parut éminemment louche. L'Église avait bien tort de tolérer ces margoulins qui sapaient les bases de l'ordre à grand renfort d'idées pernicieuses ; alors qu'elle tourmentait d'honnêtes penseurs qui faisaient tout le contraire.

Quand ils eurent quitté l'antre de la discorde, Émilie résuma ce qu'ils savaient. Le théologien de Saint-Nicolas avait présidé aux funérailles d'une jupière qui était revenue rôder à l'Hôtel-Dieu. Une dame aussi mal enterrée avait lieu de se plaindre du prêtre qui l'avait ratée. Son périple l'avait-il conduite au séminaire, pour réclamer au père Lestards le remboursement des honoraires ? La populace, abrutie par la superstition, penserait cela. Mais que devait penser un philosophe chargé d'éclairer les consciences ?

Il se dit qu'il y avait un mystère dans cet enterrement, et peut-être aussi dans le décès. La défunte était-elle réellement morte ? Le prêtre n'avait-il pas dissimulé quelque tentative de meurtre commise par ces domestiques si prompts à s'emparer des bibelots ? Voltaire se refusait à croire que de si longues études théologiques pussent mener à de si grands vices, il s'y refusait de toutes ses forces. Quand ses forces commencèrent à faiblir, il envisagea l'éventualité que la scolastique ne fût pas un rempart inébranlable contre la voracité humaine, et que toute l'échelle des valeurs de la société occidentale fût donc à revoir. Il se promit de composer sur ce sujet un petit rapport à glisser dans un haricot de mouton qui passionnerait sûrement le vicaire Pollet.

CHAPITRE SIXIÈME

Où l'on voit une muraille infranchissable s'effondrer d'elle-même.

À l'heure où les marchandes de lingerie fine s'échappaient de l'Hadès pour courir Paris, Voltaire n'oubliait pas qu'il avait une *Adélaïde du Guesclin* à tirer des limbes. Repousser l'obscurantisme était une belle chose, mais il fallait aussi faire avancer la littérature, ou le triomphe de la pensée fût resté incomplet.

La deuxième étape du marathon théâtral, après avoir reçu l'aval de la faune des salons, était d'obtenir celui des censeurs, sorte d'animal autrement plus coriace. La moindre allusion au pouvoir, à la religion ou à un quelconque personnage influent donnait lieu à réécriture, voire à interdiction. Bien sûr, Voltaire n'avait mis dans son texte que d'élégants alexandrins sans portée politique, mais il avait déjà constaté combien ces messieurs de la censure divergeaient d'opinion avec les réformateurs en avance sur le calendrier. Composer avec la mesquinerie était, à un grand homme, ce qu'il y avait de plus pénible.

Il prépara l'exercice obligé avec l'aide de son nouveau secrétaire-valet-complice-en-maquillage-d'irrévérences-voltairiennes. Les deux hommes tombèrent d'accord sur l'idée que l'œuvre aurait de meilleures chances si elle était présentée sous un faux nom. Celui de l'auteur était déjà connoté depuis qu'une foule de gens s'étaient mépris sur ses intentions, qui étaient louables et altruistes à défaut d'être universellement appréciées.

– Nous pourrions l'attribuer à un mort…, dit Voltaire. Il nous en faudrait un de bien catholique, de bien assis… Passez-moi l'annuaire de l'Académie !

Il consulta la liste des moralistes. Un nom lui plut. Lefèvre était moins convaincu.

– Croira-t-on que l'évêque d'Alençon a imaginé un drame sentimental en costumes ?

Voltaire prévoyait déjà d'inviter tout l'évêché à la première, cela eût donné du clinquant à la soirée.

Lorsqu'on se mit en quête du censeur des théâtres, celui-ci était devenu aussi immatériel que les élohim[1] de la Genèse. L'abbé Cherrier occupait depuis six ans cette charge rémunératrice et, en principe, peu risquée. La Couronne ne redoutait pas de cet écrivain de soixante-dix-huit ans une

1. Sorte d'anges.

soudaine poussée d'exaltation contestataire qui eût ébranlé les fondements de la morale. En six ans, on n'avait pas vu sur scène le moindre bout de cotillon, on n'y avait pas entendu d'allusion salace ou de sorties à l'encontre des corps constitués. Même les grosses farces avaient de la tenue, il ne s'y disait rien de plus corsé qu'une conversation d'ouvroir entre dames patronnesses. Les divertissements étaient sains, d'une haute élévation spirituelle, et même tout à fait ennuyeux, pour la plus grande satisfaction du garde des Sceaux, des magistrats et de l'archevêque, sinon pour celle du public qui payait sa place.

En dépit d'un âge avancé, Claude Cherrier n'était pas sourd au bruissement de l'opinion. La rumeur d'une tragédie voltairienne était parvenue jusqu'à lui. Cette rumeur ondulait depuis le salon de Mme Doublet. Après la lecture, Bachaumont et La Morlière avaient vanté partout la splendeur lacrymale de cette œuvre. Si Cherrier craignait de pleurer, c'était pour se voir pris en tenaille entre l'auteur des *Lettres philosophiques* et le Conseil du roi : qu'il autorisât ou qu'il interdît une pièce à scandale, l'un ou l'autre lui ferait payer sa décision jusqu'aux larmes. Il ne doutait pas que le texte fût garni de ces formules à double sens qui n'arrêtent pas le regard du censeur bien intentionné mais font crier dans les salles de spectacle, puis dans les églises à l'heure des prêches, et enfin dans les cabinets ministériels.

Quand Voltaire se présenta chez « M. le censeur de la police pour le théâtre », le portier l'envoya au café Procope. Là-bas, on lui apprit que Cherrier était à la Comédie, d'où on l'envoya au Palais-Royal, et ainsi de suite, au fil d'un parcours labyrinthique qui eût sans doute fini sur la route des Indes, à dos de chameau. Peu soucieux de créer la tragédie chevaleresque sur les planches de Pondichéry, l'écrivain changea de tactique : le naïf Cherrier n'avait pas encore fait connaissance avec les ressources d'un esprit nourri de lentilles et de philosophie. Puisque c'était bizarrement l'auteur qui devait traquer le censeur, Voltaire mit sur pied un stratagème inspiré de la chasse au gros, avec chausse-trappe et camouflage.

Le lendemain, Claude Cherrier eut la joie de s'entendre annoncer, par un laquais vêtu d'une livrée à la dernière mode du tissu d'ameublement, que le roi, touché par son dévouement au service des belles lettres et des convenances, lui décernait le cordon de Saint-Louis, ordre prestigieux et convoité. Un gentilhomme de la Chambre, le marquis de la Paillerie, attendait en bas pour lui donner l'accolade. Cherrier vit en effet, par la fenêtre, une belle voiture empanachée, attelée de six chevaux blancs, arrêtée devant chez lui au mépris de la circulation. Son cœur manqua plusieurs battements. Le vieux censeur descendit l'escalier aussi vite que ses vieux genoux le lui permettaient. Le laquais lui ouvrit la portière du carrosse, au fond duquel se discernait, dans la pénombre des rideaux tirés, une silhouette dont l'index ganté faisait signe de monter. Cherrier obéit avec émotion et force politesses. Au moment où il croyait recevoir son cordon du Saint-Esprit, le marquis d'Entourloupe déposa entre ses mains le manuscrit d'un texte intitulé *Adélaïde du Guesclin*, où le nom de l'auteur était figuré par de simples initiales, détail d'une modestie très inquiétante. Puis l'émissaire royal frappa la cloison avec le pommeau de sa canne, et le cocher lança son attelage, si bien que l'entrevue prit la tournure d'un enlèvement.

– Où allons-nous ?

– À Lille, en l'an 1387. Vous verrez, on y est très bien.

Voltaire s'excusa d'avoir usé d'un pis-aller : il semblait que ses ennemis, acharnés à conspirer contre son talent, avaient voulu l'empêcher de rencontrer son cher ami, dont le travail pour l'amélioration de la littérature avait toujours suscité en lui un sentiment proche de l'admiration. On lui en voulait pour ses derniers écrits ; c'était grotesque ; car, après tout, qu'y avait-il de choquant, dans ses *Lettres philosophiques* ?

« Tout », songea le censeur, une opinion qu'il garderait pour lui tant qu'il serait à portée de canne.

Voltaire désirait lui présenter un remarquable échantillon de théâtre moderne rédigé par un cardinal défunt. Son cher ami pouvait l'approuver sans hésitation : qui eût osé critiquer les vers d'un prélat d'une indéniable sainteté, quoique trépassé ?

Bien qu'il y eût certainement des lois contre le rapt des censeurs royaux, Cherrier accepta de parcourir la pièce, parce que c'était le plus court chemin pour en finir avec cette épée de Damoclès en vers de douze pieds suspendue au-dessus de sa tête.

– Les initiales sont celles de l'évêque d'Alençon, précisa l'auteur.

– Oui, oui, je sais comment s'écrit votre nom, cher ami, répondit Cherrier.

– Monseigneur en fut très satisfait, il l'écrivit en treize jours seulement, l'informa Voltaire avec le sourire d'un marathonien parvenu à rejoindre Athènes sans aucune trace d'essoufflement.

– Cet effort aura causé sa mort, sans doute, marmonna Cherrier.

Il n'ignorait pas que Mgr d'Alençon reposait en sa crypte depuis trois ans déjà. Il manqua perdre sa perruque quand il vit que le contrefacteur d'écrits épiscopaux avait poussé la supercherie jusqu'à se rendre dédicataire de la pièce. On pouvait lire en exergue : « Au grand Voltaire, inspirateur de mes humbles rimes, en hommage respectueux. » Le cardinal devait être en train de faire des moulinets dans son tombeau.

Curieusement, Cherrier, plongé dans ce magma versifié si prometteur, ne poussa aucune exclamation. Voltaire, qui guettait son visage avec anxiété, constata, la dernière page tournée, que son public pleurait beaucoup moins lorsque l'auteur ne lisait pas lui-même les tirades avec des accents d'un pathétique échevelé.

Le censeur referma le manuscrit et déclara qu'il ne mettrait aucune réserve à son approbation. Voltaire en fut déconcerté.

– J'y ai placé quelques compliments discrets à l'égard des Bourbons. Les avez-vous remarqués ?

– Oh, oui, cela ne m'a pas échappé, dit Cherrier. Vous pouvez me ramener, maintenant.

Voltaire s'était attendu à devoir plaider la cause du tragique médiéval, il avait l'impression d'avoir remporté la bataille sans combattre, il se sentait comme un général dont l'ennemi s'enfuit dans les fourrés après avoir dîné d'un ragoût avarié.

– Une petite critique, peut-être ? demanda-t-il d'une voix implorante.

– Non, non, votre pièce est très bien, vous avez mon accord.

Pressé d'arriver chez lui avant qu'un mot de travers ne lui échappât, Cherrier guettait par la fenêtre de la portière. On ne lui demandait qu'un paraphe ; il eût volontiers paraphé tous les poèmes de Voltaire, avec son sang, pour n'avoir plus à affronter ses manigances ni à lire ses productions.

– Le gouvernement devrait me bénir, dit Voltaire : je suis un auteur patriote.

– Je suis sûr que le garde des Sceaux vous cite dans ses prières, affirma Cherrier avant de sauter de carrosse d'une manière qu'on n'eût pas crue possible à un homme de soixante-dix-huit ans.

Il avait une lettre de démission à rédiger. Après l'épisode du cordon du Saint-Esprit changé en manuscrit, il était résolu à rendre sa charge afin d'aller jouir en paix, à la campagne, des années qu'il lui restait. Il recommanda comme remplaçant Crébillon père, un misanthrope taillé comme une armoire en chêne, qui habitait un grenier peuplé de chats, de chiens, et dont l'ultime auditoire était un corbeau. Le Voltaire capable de s'attaquer à un tel monument n'était pas encore né.

Puisqu'il avait reçu l'aval de la censure, et même avec une facilité inattendue, le dramaturge s'en fut rendre le bel attelage à son ami le duc de Richelieu, qui avait cru le lui prêter pour aller faire sa cour à la duchesse du Maine en son château de Sceaux. Le faux émissaire royal décrocha les panaches qui donnaient un tour versaillais à la voiture. Lefèvre fut chargé de les rapporter à la boutique de plumes et de se les faire rembourser.

L'heureux auteur d'*Adélaïde* rentra chez lui à pied pour mieux méditer sur sa victoire. Le premier moment de jubilation passé, celle-ci lui devenait suspecte. Sans sa foi indéfectible en ses talents de poète, il eût mis en doute la qualité de sa tragédie. Seul un texte truffé de platitudes pouvait sauter l'obstacle administratif avec l'aisance d'un bouquetin pyrénéen.

Une autre explication lui vint : il s'agissait d'un complot contre son art, bien sûr ! Heureusement, il avait l'habitude des cabales, il savait les combattre. Ah, M. Cherrier refusait de le censurer pour le laisser tracer son chemin jusqu'à la Bastille ! Eh bien, Cherrier verrait triompher la poésie d'inspiration moyenâgeuse, on lui enverrait une place pour la première, et il serait bien attrapé !

Il arriva chez lui alors que les tapissiers s'en retournaient. La nouvelle étoffe jaune canari rendait aussi bien sur ses fauteuils que sur Lefèvre. Le costume du valet-copiste et l'habillage des sièges étaient aussi surprenants que coordonnés. Il faudrait seulement prendre garde à ne pas s'asseoir sur le serviteur.

Voltaire avait une autre tâche à lui confier. Maintenant qu'*Adélaïde* était approuvée, il fallait la multiplier. Il le pria de lui en procurer des exemplaires à l'intention des sociétaires du Français.

Lefèvre reçut le dépôt du manuscrit sacré avec une gratitude attendrissante : c'était l'honneur de toute sa vie, jamais il n'eût espéré une telle faveur, autant dire que l'on pouvait l'abattre sur place, il avait connu le summum de l'exultation.

Voltaire savait déjà que son Lefèvre avait de l'orthographe, il lui découvrait de surcroît des facultés de flatterie très appréciables.

« Il est bien, ce garçon, se dit-il, il fera un excellent valet. »

CHAPITRE SEPTIÈME

Où l'on s'aperçoit que les morts-vivants sont les seuls habitants agréables des cimetières.

À présent qu'Adélaïde du Guesclin avait officiellement ressuscité, Voltaire devait s'assurer que la jupière n'avait pas fait de même au cimetière des Innocents. Au pire, il pourrait toujours la dénoncer au vicaire de Saint-Nicolas, par retour des poireaux, comme étant l'assassin du père Lestards, et se voir ainsi libéré de l'enquête. Le théologien avait procédé aux funérailles en un lieu où les philosophes n'allaient pas se promener d'habitude et qui nécessitait une paire de bottes.

Pour creuser dans les charniers, l'enquêteur aristotélicien ne pouvait solliciter l'assistance d'une marquise reçue à la cour, si acquise fût-elle à la cause de la pensée agissante. Par ailleurs, la profanation de sépulture était un exercice un peu précoce pour Lefèvre, tout juste agrégé à leur bataillon. Mieux valait lui laisser découvrir avec le temps l'étendue des distractions voltairiennes gracieusement offertes à ceux qui partageaient la soupe de la maison. Le jeune abbé Linant, en revanche, était rompu à ces sortes d'épreuves, qu'il acceptait toujours sans rechigner – ou du moins Voltaire n'avait-il pas remarqué qu'il rechignât.

Linant était justement de retour de Rouen. Il était allé embrasser sa maman, à qui il était censé expliquer, tout d'abord, qu'il n'avait pas progressé d'un iota dans la recherche d'une cure où exercer son ministère, et ensuite, qu'il avait trouvé gîte et couvert chez un impie notoire dont le patronyme rimait avec Lucifer chez tous les bons chrétiens de Paris, de province, et aussi loin que ce nom était connu. Les premiers jours, Linant avait renoncé à braver la mauvaise humeur maternelle, ce qui impliquait de renoncer aussi à la vie de débauche et de littérature. Hélas, sa chère mère avait établi pour lui un programme de corvées matérielles, de visites pieuses et de lavements de pieds à l'hospice de Rouen, kyrielle de bonnes actions qui avait brutalement renforcé l'attrait des pensionnats philosophiques.

Il était donc de retour, la joue chaude encore d'un soufflet qui était peu cher payer pour s'épargner le calvaire d'une vie de sainteté. Cependant, la découverte du valet-secrétaire-copiste installé dans ses pénates lui avait causé la même déconvenue qu'au lapin de la fable devant le museau de la belette émergeant de son terrier. Il avait assez d'expérience pour ne pas porter d'emblée ses récriminations devant le chat, Raminagrobis Voltaire étant aussi matois que son modèle par La Fontaine. Il se contentait de traîner les pieds sur les parquets cirés par Lefèvre, de parcourir d'un œil critique les exemplaires d'*Adélaïde* copiés par Lefèvre, et d'attendre le moment de faire entrevoir à leur bienfaiteur l'avantage qu'il y aurait à se passer de Lefèvre, ce qui, pour l'heure, eût été difficile à plaider.

Sa certitude d'être irremplaçable se renforça lorsque le maître lui proposa de l'accompagner dans « certaine petite formalité sans conséquence pour laquelle il avait besoin de bras ». Il s'agissait de se rendre nuitamment en un lieu très couru, au cœur de la capitale, fréquenté par des prêtres et des personnes paisibles. La recommandation de ne pas s'habiller de manière salissante et la présence d'une pelle furent un premier motif de circonspection. La vue de Voltaire en cuissardes suggéra que le « lieu très couru » n'était ni le bal de l'Opéra ni les cafés du Palais-Royal.

Leur incursion dans le cimetière des Innocents fut tout de même une surprise. Ils traversèrent ce lopin désolé où l'on jetait chaque année les pauvres par milliers, soit dans d'immondes fosses communes, soit dans des tombes particulières jamais entretenues. La pluie et le vent érodaient la terre, divers fragments anatomiques affleuraient çà et là. Dans ces conditions, comment dissuader la population de croire aux apparitions morbides ?

Ils progressèrent, en dépit des odeurs fétides et cadavéreuses, avec de grands « floc » dans la boue huileuse.

– Le gardien va nous entendre, s'inquiéta Linant.

C'était peu probable : le brave homme était atteint de surdité depuis la chute inopinée d'une pièce d'or dans son escarcelle, un peu plus tôt dans la journée.

Ils repérèrent l'endroit indiqué par ce nouveau riche. On avait épargné à la jupière l'outrage de la promiscuité avec les indigents, si bien qu'ils n'auraient pas à trier parmi les trépassés de la semaine. Un sens forcené de l'économie avait néanmoins empêché cette dame de prévoir, pour son dernier sommeil, une sépulture digne d'une honorable marchande de culottes soyeuses. Peut-être eût-il été sage de convaincre ses domestiques, par un legs substantiel, d'avoir soin de sa mémoire. Elle avait été jetée dans un recoin du terrain, sous une pancarte qui serait bientôt disloquée par les intempéries. Ses os rejoindraient alors la troupe des squelettes anonymes sans avoir eu le temps de tomber en poussière.

Cette errance nocturne dans un cimetière, avec une pelle, fit naître des soupçons chez le bon abbé.

– Vous ne comptez pas déterrer quelqu'un, au moins ? s'enquit-il afin de dissiper tout malentendu.

– Non, non, répondit Voltaire.

C'était lui que l'on chargerait de cette tâche. Le pelletage donnait des ampoules aux philosophes. Or ils avaient besoin de mains intactes pour tenir la plume d'oie avec laquelle ils esquissaient leurs traités magistraux.

La balance pencha subitement du côté des hospices de Rouen. Linant tourna les talons. Malheureusement pour lui, son patron avait appris un nouveau sésame capable de fendre les montagnes :

– Je vais demander à Lefèvre, voilà un garçon qui m'aime.

Mettre fin à une carrière de pique-assiette chez un auteur célèbre était une chose, abandonner la place à un opportuniste sans scrupule en était une autre. On reprit le droit chemin, celui de la tombe et du sacrilège, et l'on entreprit de creuser là où l'on vous disait, avec ardeur, en s'efforçant d'imaginer que la terre meuble était la bedaine du copiste et la pelle, la tête de l'écrivain.

Le travail ne fut pas trop pénible, le sol avait été remué très récemment. Voltaire déclara que c'était lors de l'inhumation, il se garda de mentionner l'autre éventualité, celle du mort-vivant saisi d'une irrépressible envie de villégiature en bord de Seine. Il ne pouvait être certain que son élève avait atteint le degré d'impassibilité philosophique où s'évaporait tout reliquat de superstition.

Linant atteignit un suaire. Les serviteurs de la jupière n'avaient pas même fait la dépense d'un cercueil, c'était une honte. Le respect des morts se perdait affreusement. Voltaire pria Linant de dégager la dépouille au plus vite.

L'abbé crut bon de murmurer des prières latines qui donnaient à cette expédition un tour de cérémonie funèbre. On lui demanda de cesser, on avait une jupière à contrôler.

Le suaire était rempli de vieux papiers serrés en ballots. Sous cette installation trompeuse, ils découvrirent un barbu en jaquette militaire, fort décomposé de surcroît.

– Votre jupière était un homme ! s'écria Linant.

Il n'était pas besoin d'être chirurgien pour voir que le soldat était là depuis bien plus longtemps que l'avant-veille. De cette observation, on pouvait tirer trois enseignements : d'une part, la défunte s'était fait refiler un emplacement où il y avait déjà un inconnu avec qui, sans doute, elle ne pensait pas coucher pour l'éternité ; d'autre part, cet abus de confiance était sans conséquence, puisqu'elle n'avait pas été enterrée là ; enfin, on ne pouvait manquer d'en conclure qu'il fallait s'occuper de tout soi-même, y compris après sa mort, ce qui n'allait pas sans difficulté.

Des lanternes brillaient à l'autre bout du cimetière. À l'abri d'un tumulus planté de bras décharnés, Voltaire et Linant virent approcher à grandes enjambées Augustus Krakenberg, suivi du rondouillard au sac rebondi. Les Don Quichotte et Sancho Pança de l'exorcisme se postèrent devant la tombe ouverte où gisaient le barbu et les piles de journaux. Le nécromant fit un commentaire en latin.

– Vous aurez compris, sans doute, après vos études au séminaire, chuchota Voltaire.

– Oui, mais dites quand même, que je compare avec ma propre version, répondit Linant.

– Il a dit : « Voilà qui prouve que la morte s'est relevée du tombeau ! » Il a ensuite proféré un juron en bas allemand, idiome qui ne figurait pas au programme de Louis-le-Grand.

– Ah, ça, on ne peut pas tout savoir, l'excusa Linant.

Ce qui était certain, c'était que l'éminent exorciste germanique ne pratiquait pas les beaux raisonnements pragmatiques, apanage des esprits éclairés. Son assistant lui passait des instruments tandis qu'il se livrait, au-dessus du trou, aux incantations et gesticulations susceptibles d'éradiquer toute trace d'activité démoniaque sur ce lopin de terre si mal consacrée. Au bruit qu'il faisait, on devinait que le gardien du cimetière était en route vers la fortune.

Les deux enquêteurs tâchèrent de se retirer à la clarté de la lune, mais Linant fit craquer des ossements sous ses pieds, trébucha dans une flaque, poussa un cri, si bien que l'exorciste eut la puce à l'oreille.

– Des esprits fuyants ! s'exclama-t-il, l'index pointé sur les ombres qui se faufilaient vers la sortie.

Les feux follets se virent coursés par l'ahuri, qui leur lançait des sorts et s'efforçait de les atteindre avec des flacons d'eau bénite. Une fois hors du cimetière, l'ensorceleur de Westphalie prétendit continuer la poursuite à travers la ville. Il importait de le semer au plus tôt : l'écrivain ne comptait pas se présenter rue de Longpont avec, à ses trousses, un fou qui eût ameuté le quartier au cri de « J'ai débusqué le démon ! ».

Il courut au-devant d'une patrouille du guet et dénonça au capitaine son poursuivant comme un « Allemand très suspect, venu espionner les merveilles de la France pour le compte d'un de ces souverains contre qui nos armées se battaient avec héroïsme[1] ».

– Fouillez-le, je suis sûr que vous trouverez dans toutes ses poches des textes en langue inconnue !

Rencognés sous un porche, les deux hommes regardèrent le bras armé de l'ordre municipal s'abattre sur les empêcheurs d'exhumer en rond. L'excité et son âme damnée furent promptement interpellés. Krakenberg exhiba illico un document que le capitaine parcourut à la lumière de l'éclairage public. Lecture faite, la chiourme, contre

1. La France était engagée dans la guerre de succession de Pologne contre la Prusse et l'Autriche.

toute attente, laissa s'échapper le druide et l'acolyte.

On ne pouvait décidément se fier à la police. S'il n'était pas possible de faire arrêter un Allemand importun, la nuit, dans les rues de Paris, on n'était plus chez soi. Ce Krakenberg – que Voltaire prononçait sur le mode de « camembert » – était un olibrius assisté d'un valet grotesque. Linant, pour sa part, avait de la compassion pour le malheureux serviteur : il devait avoir bien du courage pour supporter un patron irascible qui le traînait dans des lieux insalubres.

Craquembert devenait irritant à force de fourrer son nez là où l'on avait à faire.

– Rien que le nom vous griffe la peau, dit le philosophe.

Tandis que « Voltaire », c'était une caresse légère comme un duvet qui vous laissait tout alangui.

CHAPITRE HUITIÈME

Où l'on voit un grand théâtre attirer un grand comédien.

En robe de chambre, coiffé d'un bonnet de feutre doublé de castor qui gardait au chaud un cerveau précieux pour le genre humain mais sensible aux refroidissements, Voltaire regardait par la fenêtre quel temps le Grand Horloger de l'univers avait prévu pour son triomphe du jour. Un vent qu'il devinait glacé balayait les fétus de paille de la rue de Longpont. Les riverains avaient remarqué l'invasion de ces détritus, commencée à une époque proche de l'installation en ces lieux d'un écrivain qui avait beaucoup investi dans l'industrie papetière à base de matériaux de récupération.

On était au début de novembre. Les copies d'*Adélaïde* étaient prêtes, l'heure était venue d'en régaler les excellents tragédiens appelés à la jouer. Il fallait d'abord la leur faire apprécier. Les choix de la Comédie-Française se faisaient par le biais d'un vote, institution très démocratique à défaut d'être commode : au lieu de convaincre un seul directeur de théâtre, l'auteur devait séduire une tripotée de baladins où se mêlaient des femmes. Heureusement, certains dramaturges ne manquaient pas d'ingéniosité.

Le sanctuaire de l'art dramatique, rue des Fossés-Saint-Germain, était une bâtisse en pierre de taille à deux étages, large de six fenêtres. Ses futurs interprètes l'attendaient au foyer du premier. Il les salua un à un en leur distribuant les copies de son chef-d'œuvre.

– Je remets mon sort entre vos mains, nouveaux dieux de l'Olympe ! déclara-t-il avec le sourire d'un prêtre de Cythère qui eût vécu sous la Régence.

Il les avait assez pratiqués pour savoir sur quel ton leur parler. Les comédiens étaient comme les marquises : il fallait leur jurer un amour éternel si l'on voulait entrer dans leurs bonnes grâces. Passant de l'un à l'autre, il les rebaptisait, les femmes en déesses, Aphrodite, Athéna, les jeunes gens en héros, Achille, Jason, et le plus âgé fut intitulé « puissant Priam ».

Voltaire décida de se montrer franc avec eux, il ne voulait pas leur dissimuler les écueils de sa pièce :

– Si ma tragédie peut souffrir d'un travers, ce sera de sa profonde originalité.

On voulut savoir de quelle nature était cette originalité.

– Elle est française ! Foin de ces héroïnes à l'antique déchirées entre sentiments et nécessité, qui périssent inévitablement au dernier acte !

– Comme dans votre *Mariamne*, votre *Brutus*, votre *Zaïre* ou votre *Ériphyle*..., se rappela Quinault, qui avait ce fâcheux défaut des acteurs : de la mémoire.

– Oui, voilà, c'est révolu, tout ça.

La modernité, c'était que l'héroïne s'en tirait saine et sauve. Certes, l'intensité dramatique risquait d'en pâtir. Pour compenser, on devrait larmoyer abondamment. Tout le cinquième acte se déroulait dans les sanglots.

– Je veux qu'on pleure sur scène, qu'on pleure dans la salle, et que les spectateurs du parterre aient leurs souliers trempés.

On s'enquit du sujet propice à tant de peine. Il avait le mérite de la simplicité. Adélaïde du Guesclin était déchirée entre son amour pour le beau Nemours et la politique de Charles VII. Elle était prisonnière, elle était malheureuse, tout le monde la contrariait.

– Mais, au dernier acte, cela finit par un mariage ! C'est français, ça !

On ne pouvait nier que l'art théâtral s'en voyait renouvelé de fond en comble. Le public allait être ébahi de découvrir une tragédie où personne ne trépassait. Avec l'ajout de quelques bons coups de pied au derrière, on eût même pu la nommer « comédie », s'il eût été de la dignité de Voltaire d'en composer.

L'auteur leur lut sa pièce ; car, sans cela, comment avoir la certitude qu'ils le feraient ?

– *Ciel ! qui m'arrachera de ce cruel séjour ?* se lamentait Adélaïde à l'acte I.

– Et nous ? dit un acteur.

Le lecteur vit bien qu'on n'avait pas senti toute la puissance dramatique contenue en germe dans son texte, bien qu'il eût fait des efforts pour leur présenter ces germes en arbres bien poussés, avec feuillage foisonnant et fruits juteux. Il leur fit l'article avec la gouaille d'un marchand d'orviétan.

– Elle ne coûte rien. Il n'y a que trois rôles masculins et un rôle féminin. Plus deux confidents subalternes qui n'ouvrent presque pas la bouche. Comptez une paire de hallebardiers… C'est un cadeau ! J'offre tous les extras ! Les costumes sont pour moi !

Eût-on attendu un peu, il eût proposé de faire tourner les sirops à l'entracte. Une actrice avait tout de même une objection :

– Kiki dit que vous êtes un mécréant qui devrait être à la Bastille.

Kiki était le petit nom du duc de La Feuillade, pair de France et protecteur de Mlle la soubrette de comédie.

– Ma pièce répond en tout point à la morale chrétienne, lui assura Voltaire. Nous ne voudrions pas contrarier Kiki.

Soucieux de leur trésorerie, il ajouta qu'ils économiseraient la direction d'acteurs : il s'en chargerait gratuitement.

Cela, et aussi le fait que sa *Zaïre*, l'année précédente, avait payé leurs traites pour six mois, emporta les votes de la majorité, bien qu'on ne fût pas très sûr du texte.

La pièce acceptée, il fallut arrêter la distribution.

– Bien, fit Voltaire. À qui vais-je confier mes rôles ?

Il comptait les accorder lui-même, les comédiens n'en crurent pas leurs yeux. Comme cet empiétement sur leurs prérogatives suscitait du remous, il leur rappela que *Zaïre* avait été le plus grand succès des trente dernières années, ils avaient dû attendre que la principale interprète tombât malade pour interrompre les représentations. D'ailleurs, tout était prévu.

– Vous avez été parfaits dans ma *Zaïre*, je vous ai taillé des caractères en conséquence. Ma jeune esclave était malheureuse, Adélaïde sera au bord du suicide. Le sultan était courageux, Nemours sera héroïque. Le vieux Lusignan était borné, Coucy sera idiot. Le vizir était méchant, Vendôme sera odieux.

Grandval demanda ce qu'il y avait de nouveau, dans ce cas.

– Les costumes. Vous jouerez en cottes, en chausses et en houppelandes.

– C'est fâcheux, répondit Grandval, je venais juste de m'habituer au burnous.

Mlle Dufresne, à qui l'auteur destinait le rôle-titre, arriva sur ces entrefaites. Comme elle avait manqué la lecture, son compère Quinault la lui résuma :

– Ma chère, Vendôme, un forcené, vous tient à sa merci dans un donjon sous prétexte qu'il vous a sauvé la vie, et menace d'abuser de vous à chaque entrevue. Nemours, son frère, vole à votre secours à la tête d'une armée, mais il est si bête qu'il se fait capturer. Vendôme ordonne un fratricide. Coucy, le philosophe de l'affaire, ne fait rien pour le raisonner. Et vous, vous ne savez que pleurer chaque fois qu'on vous adresse la parole.

– Mais qu'est-ce donc que cette chose ?

– Cela s'appelle une tragédie moderne, ma chère. Allez ! Entrons dans la modernité !

La moue de la future Adélaïde suggéra que l'actrice ne se sentait pas prête pour le théâtre moderne.

Si elle était en retard, c'était que ces demoiselles déployaient de grands efforts pour gagner à la cause de l'art dramatique les hommes de cour et les riches mécènes qu'elles disputaient aux chanteuses et aux danseuses.

– Croirez-vous que la petite Mirabelle de l'Opéra m'a volé mon duc ! se plaignit Mlle Jouvenot. C'est le deuxième, cette saison !

Il n'y avait pas tant de ducs, en France, capables de choyer les égéries à la hauteur de leurs mérites. Elles finiraient par se rabattre sur ces messieurs de la finance, c'était un scandale. Elles se lamentèrent sur le manque de moralité des sopranos, presque égal à celui du corps de ballet. On ne pouvait attendre de cette basse engeance les mêmes principes que chez des personnes éprises d'art et de culture.

Heureusement, il restait encore quelques marquis de bon goût qui ne donnaient pas dans la cuisse sautillante ou dans la poitrine tonitruante. Devenus de puissants soutiens de la Comédie-Française, leurs admirateurs les installaient, les meublaient, les couvraient de bijoux, leur constituaient des rentes, et avaient aussi la bonté de payer la garde-robe du théâtre. Grâce à eux, les reines de la vie parisienne se produisaient sur scène en reines de Saba.

Voltaire laissa les Messaline à leur étude de la société masculine et s'intéressa à sa pure Adélaïde.

– Quand comptez-vous la jouer ?

– Bientôt ! Très bientôt ! répondirent les acteurs.

C'était comme l'absinthe et l'huile de foie de morue : plus vite avalées, plus vite oubliées. Et puis, si la pièce renouvelait le triomphe de *Zaïre*, à défaut de renouveler la scène française, ce serait tant mieux, les sociétaires avaient des travaux à rembourser. Ils étaient en dette depuis la construction de la salle, quarante ans plus tôt, ce qui les portait à de douloureux choix de programmation. Zaïre avait ouvert la porte à Adélaïde, aussi vrai que le succès attire le succès, qui attire les ennuis.

CHAPITRE NEUVIÈME

De la philosophie des manieurs de pelle et de l'éthique des lingères à moustache.

Après la Comédie-Française venait la comédie en ville. Pour celle-ci, Voltaire avait besoin de son Linant. Ce n'était pas le disciple idéal, mais on avait l'Alcibiade que l'on pouvait.

À vrai dire, l'abbé n'était pas très chaud pour continuer à poursuivre une jupière qui, quoi qu'on en pensât, s'était bel et bien enfuie de son caveau. Ses professeurs de théologie lui avaient expliqué que les morts reposaient dans l'attente de la résurrection. On ne l'avait pas prévenu que certains prenaient de l'avance sur l'événement, et il ne tenait pas à rencontrer une personne irascible au point de braver des commandements divins auxquels les gens bien élevés avaient la modestie de se tenir.

Informé de ces états d'âme, Voltaire prit un instant pour remettre les pendules philosophiques à l'heure :

– La mort, c'est le fait de n'être plus vivant. Il n'y a pas de moyen terme qui permettrait d'aller se promener sur le parvis de Notre-Dame les dimanches après-midi.

Il devait en revanche, lui, s'aller promener du côté de chez les fossoyeurs, et comptait bien se faire épauler par un Linant qui redoutait la disette et les nuits glacées sous les ponts de Paris.

Voltaire subodorait l'existence de petits trafics de dépouilles et de vêtements très néfastes au repos des jupières. En fin de journée, il se présenta chez son fripier, qui s'apprêtait à fermer. Le commerçant l'accueillit comme les Tables de la Loi sur le mont Sinaï.

– Quel heureux hasard, mon révérend ! J'ai ici un lot de robes sacerdotales presque neuves !

– J'aurais plutôt besoin d'une blouse d'ouvrier, répondit l'écrivain, qui prévoyait d'évangéliser dans les ateliers.

Tout en décrochant les frusques demandées, le marchand nota l'allure timide et empotée du gros clerc qui accompagnait M. le curé.

– On voit bien que le jeune homme n'a pas comme vous l'usage de la prêtrise, dit le fripier, qui avait l'œil sûr pour juger la clientèle. On vous l'a confié pour terminer sa formation, sans doute ?

– Absolument ! Je m'occupe de lui faire entendre les Écritures de la bonne façon.

Voltaire sortit de là assez convenablement vêtu pour un ouvrier. La disparition de sa longue perruque bouclée, de son pourpoint brodé et de son tricorne à galon le changeait du tout au tout, quoiqu'il restât le fossoyeur le plus ricanant de Paris. On avait fait endosser à Linant un long tablier et un bonnet de laine enfoncé jusqu'aux sourcils qui ne lui donnait pas l'air plus malin.

Dans le quartier de Saint-André-des-Arts, les franciscains du Grand Cordelier louaient l'une de leurs chapelles pour des réunions privées. La salle, un ovale tronqué à ses extrémités, garni de bancs en bois, pouvait contenir environ trois cents personnes, et la chaire servait de tribune. Il importait à l'enquêteur de s'y rendre incognito, non seulement pour s'y faire admettre, mais aussi parce que le lieutenant général ne manquait pas d'envoyer un ou deux mouchards écouter les propos subversifs qu'on y échangeait.

Le locataire du jour était la jurande[1] des ouvriers marchois[2] manieurs de pelles, qui regroupait la plupart des fossoyeurs-fouisseurs-terrassiers de Paris. À tour de rôle, les orateurs exposèrent leurs revendications dans un français mêlé de langues marchoise, limousine et auvergnate. Cela ne débouchait guère sur d'autres décisions que d'aller féliciter le roi à Versailles pour la naissance d'un

1. Ce mot désignait les confréries de métiers.
2. Située au nord de Limoges, la Haute-Marche correspond à l'actuel département de la Creuse.

nouveau bébé, entre la guilde des tonneliers et l'amicale des harengères de la halle, mais cela leur soulageait le cœur de voir qu'ils partageaient les mêmes tracas entre frères de la pelle.

Linant était mal à l'aise, assis à l'extrémité de son banc, à côté d'un fouisseur aux yeux pétillants de malice qui suivait les débats avec intérêt. Ces terrassiers n'avaient pas une mine à goûter les visites impromptues des philosophes et des abbés déguisés. Au pire, il pourrait toujours dévoiler le col plat dissimulé sous son tablier – on avait sûrement le respect de l'habit ecclésiastique, dans la Haute-Marche.

– À bas l'arbitraire ! lança le fossoyeur en chaire.

C'était là un langage que Voltaire comprenait.

– Oui-da ! approuva le pelleteur maigrelet.

– À bas les taxes abusives ! La corvée ! La gabelle ! À bas les aides[1] !

– Bravo !

– À bas les jésuites hypocrites !

– *Perfectum !* commenta le petit ouvrier, qui touchait au paroxysme de l'enthousiasme contestataire.

– À bas les trafiquants du grain et de la paille !

« Gloup », entendit-on de ce côté du banc.

La défiance que ces travailleurs éprouvaient aussi envers les usuriers, les profiteurs en dentelles

1. Impôt sur les boissons alcoolisées, en premier lieu le vin.

de Cholet et les bourgeois en perruques longues qui se prenaient pour le centre du monde provoqua une telle série de « gloup » que ses voisins crurent à un problème de digestion.

À l'issue d'une intervention assez longue sur la scandaleuse augmentation du prix des pioches, le secrétaire de séance sollicita l'avis de l'homme au ventre glougloutant :

– C'est quoi qu'il en pense, le nouveau ?

Après une brève hésitation, Voltaire se leva et, ayant trouvé la réplique adéquate, il déclara bien haut, en roulant les « r » :

– Bigre de madré !

On approuva fort cette opinion.

Se sentant porté par son public, le nouvel orateur tenta de traduire ses idées philosophiques en langue terrassière. Quelques « À bas la tutelle du gouvernement ! Vive la liberté d'entreprendre ! Tous les piocheurs sont frères ! » furent favorablement accueillis par la gent pelleteuse. En revanche, une digression vers le *Traité du gouvernement civil* de Locke suscita la perplexité. On supposa que les mots « *catharsis* » et « *homo homini lupus est* » appartenaient à une branche du marchois que l'on situa à l'extrême est du territoire, où subsistait un dialecte réputé peu intelligible, qui ne débordait guère les alentours de Chambon-sur-Voueize, auquel même les bonnes gens de Guéret n'entendaient goutte et qu'ils regardaient avec le dédain de l'oie pour le canard.

Soucieux de ne pas voir le discours se changer en conférence académique, Linant tira le harangueur hors de la salle avant qu'il ne redevînt trop visiblement Voltaire.

On avait garni la sacristie de tabourets et d'un tonneau de cracougnette, vin piquant qui désaltérait les fouisseurs. Cela leur donnait de l'entrain, les polémistes montaient à la tribune les joues de plus en plus rouges et le cheveu en bataille, pour se jeter dans des péroraisons pleines d'exclamations enflammées. Les nouveaux adeptes de la pelle se mêlèrent au reste des buveurs en évitant de répondre avec précision aux questions sur le pays de Voueize. Ils mirent la main sur un fossoyeur du quartier des Innocents, originaire d'Aubusson, qui les jaugea de haut parce que les fossoyeurs d'Aubusson ne pouvaient être confondus avec des bouseux du Bas-Voueizin au dialecte mâtiné d'auvergnat.

Linant découvrit les plaisirs de la flognarde, clafoutis aplati, dont il s'empiffra avec un appétit de vrai Haut-Marchois qui renoue avec les joies de la cuisine natale. Voltaire s'occupa de cuisiner le terrassier, qu'il fit trinquer à la santé des natifs d'Aubusson. Après quelques verres d'une piquette à faire prononcer l'éloge de la tolérance à un prédicateur janséniste, la conversation roula sur la manière d'arrondir ses revenus quand on était un manieur de pioche récemment arrivé de sa contrée.

De l'avis du collègue, le plus simple était de vendre les corps pour les dissections anatomiques. Ces messieurs de la chirurgie étaient très demandeurs de dépouilles fraîches. Celles des mendiants et des miséreux ramassés dans les rues étaient endommagées et fort désagréables à ouvrir, du fait d'un mauvais entretien ; les ivrognes succombaient toujours aux mêmes maux et, si l'on s'était fié à ce qu'on y trouvait, la science aurait pris pour un fait universel que le foie humain était un organe noirâtre et spongieux. De toute façon, seuls les isolés et les démunis finissaient aux Innocents, leurs obsèques n'étaient suivies par personne. L'enclos servait de décharge humaine, l'odeur et le décor étaient si infects que seuls les fous, les misérables et les imbéciles s'y fussent risqués.

Voltaire s'abstint de demander dans quelle catégorie le rangeait ce discours. Il ferma la bouche à Linant, que ces trafics scandalisaient et que la cracougnette échauffait dangereusement, et se disposa à quitter ce repaire de fouisseurs malappris.

La cracougnette avait du retour, c'était un breuvage redoutable quand on n'était pas de la Haute-Marche. À force de voir cet ouvrier replet tendre son gobelet, on nota qu'il n'avait pas de cals et que ses doigts, nets quoique boudinés, s'achevaient sur des ongles intacts.

– C'est normal, hips ! répondit l'apprenti enquêteur : je suis prêtre !

On s'apitoya sur le sort des curés qu'une Église à bout de ressources envoyait trimer sur les chantiers.

– Ça, vous avez raison, hips ! dit Linant. À bas l'oppression ! Mort aux patrons abusifs !

Voltaire entraîna l'ouvrier martyr par la manche de sa blouse, il était temps de le coucher.

De toute évidence, le corps de la jupière avait été détourné vers l'Hôtel-Dieu à l'issue des funérailles. Voltaire décida d'y aller tout de suite, sous prétexte de bonnes œuvres.

– À cette heure-ci ? s'offusqua Linant.

L'idée de courser le mort-vivant à l'hôpital, en pleine nuit, le dessoula dans l'instant.

– Il n'y a pas d'heure pour les bonnes œuvres, rétorqua Voltaire.

L'ayant prié d'ôter blouse et bonnet, il se présenta au portier comme l'émissaire des « œuvres terrassières à l'intention des victimes de lumbago », de même que M. l'abbé, qui l'accompagnait. Au reste, l'Hôtel-Dieu était une ville dont l'activité ne cessait jamais, on leur ouvrit sans plus de formalités.

Cela grouillait en effet de bonnes sœurs, de médecins, de malades munis de pots de chambre qui hantaient ces couloirs, la chandelle à la main. Ils traversèrent les salles communes où l'on entassait n'importe qui n'importe comment. Dans le but d'améliorer le confort, la direction essayait de ne pas coucher plus de six personnes dans un même lit, ou au moins de n'y pas laisser les mourants avec les autres, ou d'en ôter les trépassés, mais cela restait un idéal inaccessible. Elle projetait aussi de répartir les patients par maladie et par sexe. On sentait bien, à la vue de ces grandes étables pour bêtes humaines, que cet objectif prendrait vingt ou trente ans. C'était, pour l'heure, un bouge dangereux et malcommode. On attendait qu'il brûlât pour l'améliorer durablement.

Ils empruntèrent une bougie et se firent indiquer le grenier à chiffons où l'on rangeait les vêtements au rebut. La pièce était pleine de frusques entassées à même le sol. Une femme triait ce qu'il y avait de moins vilain et de plus propre. Ils supposèrent que c'était la lingère préposée au service de nuit.

– Bonsoir, chère madame, dit Voltaire.

L'intéressée sursauta et se retourna. Ils virent que la lingère était pourvue d'une moustache qui cadrait mal avec sa coiffe et ses bas. Comme elle prétendait leur fausser compagnie, un gros ballot sous le bras, l'abbé eut le réflexe de lui barrer la porte et de brandir le crucifix dont il ne se départait jamais. À défaut d'être un démon que la croix corrodait, l'homme-femme avait assez de religion pour ne pas s'aventurer à bousculer un serviteur de Dieu planté devant une porte.

Le mystère de la morte-vivante s'éclaircissait merveilleusement. De toute évidence, le bonhomme avait coutume de quitter l'hospice après avoir empilé sur son dos les habits les plus coûteux qu'il avait pu trouver. Linant lui reprocha d'alimenter un goût honteux pour le travesti grâce à des rapines commises au détriment des morts. Le voleur se récria. Ses prélèvements n'avaient pas pour objet le vice, mais la bonté. Il entretenait de cette manière sa pauvre mère infirme, son épouse harassée et leurs douze enfants, tous en bas âge.

Voltaire lui fit honte de ses forfaits au nom de la raison. Comme les lumières de la philosophie ne semblaient pas avoir encore pénétré la conscience des lingères à moustache, il poussa du coude son cher abbé, qui vilipenda le voleur au nom de la foi, une technique dont l'efficacité se vérifiait depuis mille sept cents ans.

Le cambrioleur fondit en larmes dans ses manches de dentelles. La profession de pilleur de cadavres ne devait pas être de tout repos, il paraissait à bout de nerfs. Il s'agenouilla, baisa la veste noire de l'abbé et jura qu'il se repentait. De toute façon, c'était là sa dernière virée, il était venu réunir de quoi fuir Paris dès l'aube : le détrousseur aux abois se savait poursuivi par ce qu'il y avait de pire sur terre.

– Des créanciers jansénistes ! s'écria Voltaire.

– Non ! gémit le malheureux. Le diable !

– Ciel ! fit le confesseur, que Voltaire dut empêcher de s'enfuir le premier.

Le malandrin avait remarqué qu'un inconnu battait le pavé sous ses fenêtres. Il avait d'abord soupçonné la police – nul n'était à l'abri d'un regain d'efficacité du Châtelet –, mais aucun exempt au service de Sa Majesté n'eût montré une telle patience à la saison froide. Alors qu'il tentait de filer à la faveur de l'obscurité, il avait été assailli par une ombre qui lui avait donné un coup de poignard dans le bras. S'étant échappé de justesse, il était accouru ici pour se faire panser. Il exhiba, sous les multiples couches de ses manches, un emplâtre fait d'une compresse imbibée d'essences de plantes.

La réserve lui avait semblé une bonne cachette momentanée. Changé en femme, il tâchait de préparer une évasion qui le conduirait sous d'autres cieux. Ces hardes étaient destinées à payer son billet de diligence – on supposa que la vieille mère, l'épouse harassée et les douze marmots à la mamelle venaient de sombrer dans les brumes de la licence poétique.

Il s'était mis en tête que son agresseur, probablement un pauvre hère encore plus égaré que lui, était le diable en personne ; on s'en étonna. Le blessé demanda de quelle façon il devait interpréter le fait d'avoir été attaqué par une créature encapuchonnée, gigantesque, à la face rougeâtre, dotée de pattes de bouc.

Avant de laisser l'abbé lui donner l'absolution de ses crimes, Voltaire exigea d'apprendre ce qu'il avait fait des vêtements volés. Le fuyard les renvoya à son receleur habituel, un fripier du quartier Saint-Gervais.

L'écrivain eut un étourdissement. Se pouvait-il que les honnêtes déguisements qu'il achetait à petit prix eussent été dérobés à des morts ? Il se hâta de quitter l'Hôtel-Dieu : son costume de terrassier le grattait de partout.

Une fois dehors, Linant, auquel certaines subtilités de la conversation avaient échappé, enfila son grand tablier, très efficace pour couper le vent d'automne.

– Elle est commode, en fin de compte, cette petite blouse, quand on circule par mauvais temps. Et le bonnet tient chaud aux cheveux.

– Gardez-les, dit Voltaire. Je vous ferai cadeau des miens, si vous voulez.

Linant fut enchanté de ces bonnes dispositions. L'écrivain ramollissait au contact des hospices, la proximité de la misère le rendait plus sensible aux difficultés des petites gens.

CHAPITRE DIXIÈME

Comment Voltaire débusqua le diable en boutique et la police au théâtre.

Au jour levé, Voltaire eut besoin de bras pour aller expliquer son point de vue à un revendeur indélicat qui allait perdre sa pratique. On ne pouvait songer à déranger l'aimable Lefèvre, en pleins travaux d'une importance majeure, copiant les œuvres du maître de la main droite, briquant les clystères du maître de la main gauche. Restait Linant, toujours d'une aide précieuse, une fois qu'on l'avait tiré du lit et nourri abondamment.

Ces formalités accomplies, Voltaire lui donna à porter un énorme tas de frusques douteuses qu'il avait l'intention de se faire rembourser : leur actuel propriétaire ne les avait pas payées avec de l'argent volé aux morts, il se sentait floué.

– On ne se méfie pas assez de ces bonshommes chafouins, à l'air faux, qui vous font mille sourires !

Linant lui donna raison, tout pouffant et soufflant sous sa montagne de vêtements.

– Allons tancer le biffin[1] ! déclara l'escroqué, résolu à couvrir d'opprobre un aigrefin qui osait tromper les gens d'Église.

Le local était dans le plus grand désordre. Les cintres avaient été renversés, des fanfreluches traînaient un peu partout. On s'offusqua de voir ce commerçant indélicat confondre son échoppe avec une soue à cochons, en plus d'être un bandit.

Dans le petit couloir qui menait vers l'arrière s'étalait une flaque d'un liquide rouge et poisseux. Voltaire s'affligea de voir quelle souillon se cachait sous ces dehors amènes. Dire qu'il avait accepté de bénir son tiroir-caisse pour le remercier de la ristourne accordée aux curés !

Il apparut que l'interrogatoire n'aurait pas lieu. Le bureau des réclamations avait fermé de façon permanente. Le fripier gisait parmi les piles de culottes renversées qui jonchaient l'entrepôt. Voltaire crut d'abord que la justice immanente s'était décidée à frapper les menteurs qui bernaient le pauvre monde. Les traces rougeâtres en forme de sabot fourchu visibles sur le sol lui évoquèrent hélas de fâcheux souvenirs. Il pressentit que les ennuis allaient encore pleuvoir sur la tête des défenseurs de la tolérance.

1. Chiffonnier.

Le fonds avait été remué sans ménagement, à l'égal de la chambre du théologien. L'homme aux pattes de chèvre qui perpétrait ces crimes – Voltaire se refusait à lui donner un patronyme plus précis, bien que l'Ancien Testament lui en proposât une multitude – avait laissé derrière lui l'habituel relent de soufre mêlé à celui des poudres à tissus. Le vicaire de Saint-Nicolas n'en avait pas fini avec les insomnies. On pouvait s'attendre, rue de Longpont, à une bordée de lentilles en ragoût relevées d'injonctions et pimentées de réprimandes.

Linant, qui s'habituait un peu à la vue des cadavres depuis qu'il travaillait chez les philosophes, contemplait les habits épars avec l'appétit d'un tamanoir devant une termitière. Il déclara qu'il allait faire un choix dans ces oripeaux « pour dédommager monsieur ». Celui-ci le laissa trier des surtouts et des pourpoints qui paraissaient davantage à la taille des gros abbés de Rouen qu'à celle des penseurs parisiens. Il enjamba le corps du malheureux pour accéder au registre commercial égaré sur un panier de vieilles chaussures.

Un bruit le tira de cette intéressante lecture. Les deux hommes glissèrent un œil dans le couloir. Augustus Krakenberg, ce requin qui hantait les eaux tourmentées de leur enquête, venait de surgir dans la boutique, amulette au poing. Son assistant était lesté d'un sac pesant que les crucifix de rechange faisaient bomber.

Par quel mystère ce fâcheux était-il toujours sur leurs pas ? Une retraite bien ordonnée, quoique précipitée, s'imposait. Voltaire cala sous son bras le livre de commerce et ouvrit une fenêtre.

– Cela ne va-t-il pas manquer à la police ? s'inquiéta Linant.

– La police ne cesse de me répéter que je lui donne trop à lire. Allégeons son travail, c'est agir en bon citoyen.

Ils passèrent de l'arrière-cour à la rue basse et abandonnèrent les lieux à l'exorciste westphalien. Linant, qui n'avait toujours pas bien compris où le fripier se fournissait, emportait un lot de souliers à boucle d'argent, des nœuds de velours et d'épais jabots qui l'aideraient à faire le bellâtre au parterre des spectacles et aux promenades où se rencontraient les élégantes.

Il déplaisait à Voltaire de voir un défenseur des droits humains contraint de fuir par les fenêtres, cela était irrespectueux de la philosophie.

– À l'assassin ! cria-t-il. On égorge M. le fripier !

Des portes s'ouvrirent, le cri fut repris çà et là, des voisins coururent alerter la force. M. Craquembert allait devoir s'expliquer. On verrait si les sauf-conduits magiques fonctionnaient sur les lieutenants généraux aussi bien que sur le guet.

– N'est-ce pas un péché philosophique que de dénoncer faussement un crime ? s'enquit Linant, qui peinait à contenir son tas de rubans et de souliers.

Un sourcil se haussa sous la perruque Régence.

– Je n'ai dénoncé personne, je me suis juste éclairci la voix d'un mot tout à fait commun.

Décidément, le bon abbé n'entendait proprement rien à la dialectique.

L'intermède « tuons les fripiers » terminé, il était temps pour Voltaire de se rendre à la Comédie-Française, où débutaient ce jour-là les répétitions de sa pièce. Il quitta Linant rue de Longpont et, plein d'allant, monta en brouette pour se faire porter auprès d'une troupe dont il espérait beaucoup.

– Allons révolutionner le théâtre français ! déclara-t-il avec entrain, après que le tireur de chaise eut refusé d'échanger la course contre un billet de faveur pour la générale.

Le théâtre de la rue des Fossés-Saint-Germain[1], un jeu de paume transformé tant bien que mal, était considéré comme l'un des plus beaux d'Europe, après tous ceux d'Italie. Il était enclavé dans le pâté de maisons, si bien qu'on ne pouvait ni l'agrandir, ni l'aménager.

La brouette arriva en même temps qu'un magnifique équipage qui prit toute la place. Son opulent propriétaire, un petit chien dans les bras, aida une personne d'une rayonnante beauté à poser le pied sur les pavés de bois. Mlle Gaussin,

1. Aujourd'hui rue de l'Ancienne-Comédie.

blonde Aphrodite de vingt-deux ans, resplendissait comme une jeune femme née d'amours illicites. Non seulement elle était belle, mais elle avait le don de laisser supposer que son âme l'était presque autant que le reste.

Le monsieur fortuné remonta en voiture. Quand celle-ci se fut éloignée, la Gaussin découvrit un lutin mécontent qui enjoignait à son tireur de brouette d'approcher plus près, car il ne voulait pas crotter le temple de Melpomène[1] où l'on répétait son œuvre. La déesse de l'amour le salua avec une grâce à faire s'envoler tous ses griefs.

– Adélaïde rend hommage à son créateur, annonça-t-elle.

Voltaire crut à un malentendu : lorsqu'il avait distribué ce rôle, Adélaïde était brune.

La Dufresne s'était déclarée malade, on l'avait remplacée. L'auteur s'effaça poliment devant son interprète, dont il eut tout loisir de détailler les rondeurs parfaites et la fraîcheur de fleur à peine éclose. Il décida de ne pas se formaliser du changement. Après tout, elle avait reçu un accueil chaleureux, l'année précédente, dans le rôle de Zaïre. Il est vrai qu'elle portait sur scène une robe « à l'ottomane », serrée là où il fallait, échancrée partout ailleurs, sans corset ni jupes de dessous, si bien que le public avait cru qu'elle jouait en chemise

1. Muse de la Tragédie.

de nuit, en un temps où l'on s'émoustillait devant une simple cheville dénudée.

Quand Grandval lui demanda s'il était satisfait, il se dit enchanté.

– Elle est si belle que, si mon texte a quelque défaut, le public mettra longtemps à s'en apercevoir.

Le malotru qui devait jouer Vendôme, en revanche, laissait à désirer. Quinault tenait son texte d'une manière à ne pas définir s'il s'agissait d'un manuscrit ou d'un torchon.

– Savez-vous que j'ai compté vingt-huit « Ô ciel ! » ? demanda-t-il sur le ton du bedeau qui découvre des boutons de culotte dans le produit de sa quête. Trente-trois « cruel » ? Quatre-vingt-six fois le mot « cœur » ? Sans parler des innombrables « Dieu ! » qui amènent « odieux », et « larmes », « alarmes » !

Voltaire le remercia de s'être livré à ces comptages à l'intérieur de son œuvre. Il proposa à ces messieurs et demoiselles de passer maintenant à l'étude de leur diction, sur laquelle il aurait certainement des remarques à formuler, lui aussi.

Legrand fils, qui ouvrait la tragédie en tant que faire-valoir, commença le premier.

Et vos lauriers brillants, cueillis par la victoire,
Pourront sur votre front se flétrir désormais
S'ils n'y sont soutenus de l'olive de paix.

– J'ai l'impression de cuisiner une ratatouille, dit-il.

Quant à Quinault, chaque fois que c'était à lui, il se plantait en bord de scène pour être sûr d'être bien vu des spectateurs. Ayant pris la pose, son cahier à la main, il déclama sa tirade sur le ton ampoulé, emphatique et boursouflé que la tradition imposait aux comédiens, quelle que fût l'humeur de leur personnage, colère, crainte ou tendresse.

Brave et prudent Coucy, crois-tu qu'Adélaïde
Dans son cœur amolli partagerait mes feux ?

Voltaire leva la main.

– Qu'est-ce que c'est que ça ?

– Votre texte, répondit Quinault de la même voix de basse profonde avec laquelle il l'avait lu.

– Ne pourriez-vous le dire autrement ?

– C'est le ton que j'emploie pour dire Corneille, et Corneille ne s'en est jamais plaint[1]. J'ai eu un fort beau succès dans *Cinna*.

L'auteur sentit la migraine pointer sous ses rouleaux de cheveux poudrés.

– Ce ton était fort bon à l'époque de Corneille. Pour avoir un beau succès dans du Voltaire, il faut jouer avec émotion. Du cachet ! Du cachet !

Quinault poussa un soupir et reprit comme s'il assistait à l'enterrement d'un oncle à héritage qui

1. Pierre Corneille était décédé depuis un demi-siècle.

eût tout légué aux Petites Sœurs de Sainte-Clotilde. Il vit bien, pendant sa déclamation, que cela bouillait et vitupérait au premier rang. Il s'interrompit et livra son opinion.

– Vos principes sont excellents, maître. C'est le texte qui pèche.

– Qu'est-ce qu'il a, le texte ? s'offusqua l'écrivain. J'y ai mis tout mon talent !

On fut tenté de lui répondre qu'il eût fallu y mettre le talent d'un autre.

Ces messieurs avaient appris à parler en cadence, le public y était accoutumé, nul ne voyait de grotesque dans un César percé de vingt coups qui déclamait encore une cinquantaine de vers, hormis le réformateur qui avait fait le choix des larmes contre l'éloquence. Il leur expliqua qu'ils n'étaient pas en train de répéter « une vague pièce ordinaire comme ils en avaient l'habitude » : ils participaient à un profond mouvement de réforme du théâtre classique, et cet honneur exigeait de leur part un petit effort d'adaptation.

D'aucuns eussent trouvé qu'il leur apprenait leur métier.

– Quel est le but d'un spectacle de qualité ? interrogea-t-il comme au catéchisme.

Legrand fils croyait que c'était de distraire, Quinault, d'éduquer par l'exemple, et Grandval, un finaud qui avait lu les bons auteurs, répondit que c'était de « donner à penser ».

– Point du tout ! Le seul but du théâtre est d'émouvoir !

Moyennant quoi ils devaient tâcher d'attrister l'auditoire du début à la fin. Pour atteindre ce beau résultat, ils ne devaient pas hésiter à se lamenter, à geindre, à pousser des cris, à dire chaque tirade comme si on leur arrachait un ongle. Ils sentirent que l'auteur n'excluait pas de mettre cette idée en pratique si leur jeu manquait de conviction.

Voltaire expliqua à Mlle Gaussin quel drame intime elle devait éprouver : tout le monde voulait abuser d'elle, frêle agnelle au front pur.

– Comportez-vous comme si Vendôme était un ours en rut prêt à se jeter sur vous à tout instant !

La Gaussin regarda son partenaire d'un autre œil. Elle se demanda si elle n'eût pas mieux fait de tomber malade comme la Dufresne. Les actrices expérimentées devinaient plus vite que les autres quand il convenait d'être souffrante.

Les dames furent priées de rejeter la diction chantée, aux effets artificiels : elles élevaient la voix graduellement, d'une manière pompeuse, pour finir par des éclats outrés. Ce n'était plus du tout cela qu'il fallait faire.

– Même si vous aviez à dire simplement « bonjour » ou « comment allez-vous ? », il faudrait donner matière à susciter la compassion des spectateurs.

Pour mieux leur indiquer les intonations, il leur déclama une phrase d'Adélaïde avec force gestes et trémolos.

L'amour adoucit tout, hors ton barbare cœur ;
Tigre ! je t'abandonne à toute ta fureur !

L'initiation du public au drame voltairien devait se faire dans les cris.

– Allez ! *Forza !* Ce n'est pas du Racine !

Ces mots produisirent une tétanisation collective. Les comédiens se mordirent la lèvre pour ne pas répondre qu'en effet, cela n'en était pas.

– Avons-nous bien conscience d'avoir engagé un fou ? demanda Legrand fils, en coulisses.

Vendôme, le méchant, agitait les doigts comme s'il allait se saisir de la belle pour lui faire subir un sort épouvantable.

Je suis le seul à plaindre, et le seul en alarmes ;
Je mouille en frémissant mes lauriers de mes larmes.

Instinctivement, Mlle Gaussin recula de trois pas pour lire sa réponse :

Non, seigneur, la raison saura vous éclairer !

Une voix sépulcrale s'éleva dans le dos du philosophe.

– Qu'est-ce là, Arouet ? Une pièce philosophique ? La censure est prévenue ?

Le lieutenant général de police venait de se matérialiser comme un *deus ex machina.* Son habit de bonne coupe sans fioritures disait tout de son état, à la fois maître chez les serviteurs et serviteur chez les maîtres. On l'avait fait grand pour servir les grands, puissant pour servir les puissants. Sur sa figure s'inscrivaient à la fois la fatigue d'avoir à supporter une charge écrasante et l'orgueil qui l'empêchait de s'y soustraire. Il semblait condamné à une exaspération perpétuelle, c'était Sisyphe devant son rocher toujours dégringolant. Certains jours, il parvenait à prendre l'air bonasse, et c'était dans ces moments-là qu'il était le plus dangereux.

Voltaire nia avoir introduit la moindre dose de réflexion dans son ouvrage, qui, d'ailleurs, avait reçu l'aval du censeur, et, pour se mieux faire entendre, il le lui résuma.

– Bon, fit Hérault. J'espère qu'on n'y parle pas trop de raison, vous savez combien cela incommode le gouvernement.

L'auteur lui affirma qu'il pouvait être tranquille : il avait bien noté que le gouvernement était étranger à toute idée de raison. Il s'étonna, en revanche, de voir le policier en chef rôder à la Comédie-Française. N'avait-il pas du crottin de cheval à faire enlever des rues ?

– Je m'occupe aussi de la surveillance des théâtres, dit Hérault.

– Je ne vois pas en quoi ils doivent être surveillés.

– Quand vous achetez votre pain, Arouet, nous surveillons les boulangeries.

Le lieutenant général avait par ailleurs des inquiétudes, en plus des problèmes de crottin.

– Vos histoires de raison, dont vous nous rebattez les oreilles, ça a bien été inventé pour combattre la superstition ?

Quoique circonspect, Voltaire accepta ce raccourci.

– Vous allez pouvoir vous rendre utile ! Nous avons un diable à attraper.

– Avez-vous demandé à l'évêché ? demanda le philosophe.

– Si fait ! Nous leur avons dit que nous cherchions un démon fauteur de crimes scandaleux. Ils nous ont envoyés chez vous.

Hérault était ennuyé par des bizarreries survenues ici ou là : des carrosses macabres couraient Paris, des cadavres se promenaient sur les parvis réservés aux vivants, des aliénés prétendaient avoir vu Belzébuth.

– Je crois qu'il y a une mode. Croirez-vous que des olibrius trouvent intéressant d'aller jouer aux sorciers dans nos cimetières et d'y déterrer les défunts, dit-il avec un regard en coin pour son interlocuteur.

Il était navrant de penser qu'on ne pouvait exhumer des jupières sans éveiller les soupçons de la police.

– Vous n'avez connaissance de rien, vous, Arouet ? insista-t-il sur un ton déplaisant.

– De rien ! déclara Voltaire avec la fermeté des âmes pures. Seul le progrès de l'humanité m'intéresse, vous savez bien.

– Hé oui, je sais, dit Hérault, qui n'aimait pas s'entendre rappeler ses misères.

– Pour l'heure, reprit le dramaturge, comme vous voyez, je m'occupe de faire jouer ma nouvelle pièce.

– Cela ne m'étonne pas ! dit le policier. Quand on cesse de m'accabler avec la philosophie, je me dis : « Arouet doit être en train de faire du théâtre ! »

Voltaire rétorqua qu'il ne « faisait » pas du théâtre, il réformait l'art dramatique pour l'édification des populations éblouies. Désireux néanmoins d'aider la police autant qu'il le pouvait, il suggéra au lieutenant général de s'intéresser aux cultes germaniques. Ces peuplades avaient été évangélisées tardivement vers le VIIe siècle. Tout ce qui grouillait à l'est du Rhin devait être soupçonné. Il avait ouï parler d'un certain Auguste Craquembert, qui élevait l'art d'être suspect jusqu'au sublime.

– Oh, je le connais, répondit Hérault, qui n'avait pas obtenu sa charge de chef de la police pour être allé danser le menuet dans la galerie des Glaces. Il est protégé en haut lieu.

Voltaire en fut affligé. C'était bien l'incohérence du monde moderne que de pourchasser les penseurs géniaux et de couver les exaltés.

– Je ne peux pas vous aider dans votre enquête, conclut-il : j'entretiens le rayonnement de la culture française.

Hérault le laissa rayonner tout seul et s'en retourna vers les affaires ténébreuses qui l'accaparaient.

Les comédiens ne s'étaient pas étonnés de l'avoir vu surgir à l'improviste : le maintien de l'ordre à l'intérieur de la Comédie-Française était sa petite récréation. D'habitude, il attendait qu'on l'appelât. Ils prirent comme un premier miracle de l'art théâtral rénové que d'attirer la police avant même le début des représentations.

– Pourquoi le lieutenant général vous appelle-t-il Arouet ? demanda Grandval.

– C'est un titre que les gueux de son pays donnent aux seigneurs qu'ils révèrent, répondit Voltaire. Un peu comme « Ô mon roi[1] », si vous voulez.

Il aimait mieux garder pour lui la véritable explication. Son père, le notaire, voulait voir son fils suivre la même voie. Il lui avait dit : « Quand on s'appelle Arouet, on est notaire. » Voltaire avait préféré changer de nom.

La répétition fut interrompue par un cri :

– On nous vole ! On nous spolie !

Molière avait obtenu pour sa compagnie le droit exclusif de jouer en français. Les autres acteurs ne

1. À l'époque, le mot « roi » se prononçait « roué ».

pouvaient se produire qu'en langue étrangère ou en mime. Autant les sociétaires étaient offusqués par le privilège de la musique et de la danse accordé à l'Opéra, autant ils défendaient le leur bec et ongles. Ils ne cessaient de chicaner les foires, notamment celle de Saint-Germain, toute proche, sur les privautés que l'on s'y permettait. Il arrivait que des bateleurs vinssent leur faire concurrence jusque dans leur rue.

L'un de leurs camarades, qui était allé se promener entre les cahutes, l'œil aux aguets, avait relevé un nouvel outrage.

– Un montreur de marionnettes a engagé des acteurs et joue de la flûte !

La nouvelle scandalisa.

– Dénonçons-le à l'Académie royale de musique !

Tout le monde partit s'armer pour la croisade, et Voltaire resta en plan avec sa pièce, la bouche ouverte sur une protestation que nul n'était plus là pour entendre.

CHAPITRE ONZIÈME

Où l'on apprend que les jeux d'argent sont moins dangereux que la couture.

De retour chez lui, Voltaire trouva Émilie plongée dans une lecture pleine de nouveauté, le gros registre du marchand d'habits ouvert sur ses genoux.

– J'ignorais que vous teniez boutique, dit-elle.

Il lui relata ses incursions à l'Hôtel-Dieu, puis dans l'univers fabuleux du vêtement de seconde main, sans préciser qu'il avait figuré au nombre des clients : l'idée que bon ami s'habillait d'occasion excédait les sentiments démocratiques dont la marquise était capable. Il lui conta comment, après avoir fait parler la lingère à moustache, il avait foncé chez le receleur, et comment sa souplesse de félin lui avait permis d'échapper à la fureur et au délire qui le poursuivaient sous la forme d'Auguste Craquembert le fâcheux.

– Encore un coup des jansénistes ! conclut-il.

– Vous les accusez toujours, mais ce sont rarement eux, objecta Émilie.

– Ma chère, ce qui pullule, dans cette ville, ce sont les crimes et les religieux. Faites le rapprochement.

Elle estima qu'il le faisait pour elle, et à longueur de temps.

Reprenant son examen à la lumière de ces informations, elle cocha les pièces de mode féminine entrées le jour où feu la jupière en goguette avait été vue sur l'île de la Cité. Seul un jupon en dentelle de Burano, produit d'importation coûteux et convoité, avait été revendu. Les acquéreurs qui avaient une ardoise chez le commerçant étaient cités à la fin du livre, c'était comme un annuaire des mal vêtus. L'acheteuse était une dame Vaudemange, « rue du Four-à-Pain, face le brasseur ».

Cela n'était pas loin, il s'y rendit avec Émilie, curieuse de voir à quoi ressemblait une personne qui achetait ses dessous au rabais, et aussi la tête qu'elle ferait quand on lui apprendrait qu'ils avaient été subtilisés à un cadavre.

La maison face le brasseur était une bâtisse étroite à deux étages. La fille de peine qui leur ouvrit les informa que madame était sortie pour ses œuvres de charité. Voltaire se méfia. Quelle apparence y avait-il qu'une personne qui s'habillait au décrochez-moi-ça répartît son maigre pécule entre les démunis ? En échange d'une gratification, la domestique précisa que cette émule de saint Martin rentrait généralement de ces sorties très exaltée ou, au contraire, de fort méchante humeur.

– Ah, je vois, dit l'écrivain. Votre maîtresse répand la bonne parole autour des tapis verts. Savez-vous si elle a mis son jupon neuf ?

– Je vous demande pardon ?

La question était si scabreuse que même l'attribution d'un renfort de ferraille à l'effigie du roi faillit manquer à leur obtenir l'adresse. Comme madame avait revêtu ses beaux habits, il y avait fort à parier que la pièce à conviction se promenait à ce moment même dans les salons d'un tripot clandestin où l'on se divertissait sans frein ni moralité.

– Allons-y tout de suite ! dit Émilie.

Ils firent un saut rue de Longpont et annoncèrent à Linant qu'ils l'emmenaient dans une académie.

– À l'Académie française ? se méprit le gros abbé.

Le terme « académie » était une formule polie pour désigner les cercles de jeu. Celui qui les intéressait se tenait à l'hôtel de Transylvanie, sur le quai Malaquais. En 1714, la maison avait été louée par François Rákóczi, prince détrôné de Transylvanie, qui avait ouvert l'établissement sur privilège royal pour se renflouer. Depuis lors, le prince était parti traîner son exil ailleurs et le cercle avait fermé. De petits malins semblaient avoir profité de la réputation des lieux pour le rouvrir.

Cette superbe demeure d'époque Louis-XIII en pierre et brique s'ouvrait par un porche flanqué de pilastres. Le portrait de Son Altesse, en costume national et toque de fourrure, accroché dans le vestibule, frappait les visiteurs par l'intensité mordante de son regard obscur.

– Il avait des raisons de n'être pas content, cet homme, dit Voltaire.

Chaque étage était affermé par une dame différente. La plus âgée, soixante-dix ans, aveugle, se faisait conduire par une fillette. Émilie se demanda comment elle pouvait surveiller les joueurs réunis chez elle. Sans doute, pour sa toilette, se mirait-elle dans les yeux de son Antigone. Avec sa perruque couleur de rouille, son tour de cou orné d'un camée ivoire assorti à ses boucles d'oreilles, les dentelles sombres qui tranchaient sur la pâleur de son teint, elle avait l'élégance d'une douairière en quête de secondes noces.

Flattée qu'un auteur célèbre s'intéressât au métier, elle lui fit ses confidences sans craindre de choquer – les gens de lettres étaient tous des coquins, c'était notoire –, ou de le voir avertir la police – les démêlés de Voltaire avec le pouvoir étaient encore plus connus que ses écrits.

Le propriétaire était l'un de ces seigneurs pressés de redorer leur blason en quelques mois d'une activité illégale. Les principes moraux prenaient fin là où commençait la nécessité de soutenir noblesse. S'employer pour l'État au-dessous du titre de ministre était infamant, les ambassades étaient ruineuses, les régiments ne rapportaient que de l'honneur, et tout le monde ne pouvait pas être archevêque. Au reste, il fallait au moins que cet homme fût un favori du roi pour braver la mauvaise humeur de M. Hérault.

Elle leur demanda s'ils voulaient aller au cabinet de lecture, au souper, au bal, ou examiner des tableaux à vendre. Il y avait aussi une lingère dans la cour et une couturière sous le toit. L'aveugle tenait la bibliothèque – nouvel étonnement d'Émilie. Leur guide précisa qu'elle ne manquait pas de se faire lire les beaux ouvrages de M. de Voltaire quand elle pouvait se les procurer, quoique les livres interdits fussent les plus chers.

– Vous êtes bien aimable, répondit l'écrivain.

C'était vraiment un tripot de bon goût.

Ils s'étonnèrent de la voir afficher une telle sérénité. Il était inévitable que la police vînt un jour faire le ménage sous ces poutres peintes.

– Nous louons pour peu de temps, expliqua l'aveugle. Nous avions, la semaine dernière, un marchand de tableaux véritable, peut-être y en aura-t-il un autre le mois prochain.

Ces tenancières étaient des épouses d'officiers qui devaient survivre pendant les mois de campagnes militaires, vu la modestie des soldes.

– C'est comme vous, ma chère ! s'exclama Voltaire.

Bien qu'épouse d'officier, Émilie ne s'occupait pas de gagner de l'argent, mais de le dilapider.

– Que voulez-vous ! dit l'aveugle. Même un colonel ne perçoit que six mille livres l'an !

C'était précisément le grade de M. du Châtelet. Après avoir fait un rapide calcul de ce que dépensait sa marquise, Voltaire se demanda où elle trouvait à jouer.

Elle le tira de ses calculs pour lui demander quelques écus : elle en avait besoin pour ne pas dénoter du reste des convives, ce qui eût compromis leur couverture.

– Bien sûr, ma chère, dit-il, ouvrant sa bourse.

– Voilà une profession bien aventureuse, remarqua Linant, à qui tout était nouveauté.

– Oh, je ne l'exerce qu'en attendant d'avoir constitué la dot qui me procurera un beau parti, avoua leur guide en rougissant un peu.

On supposa, vu son âge, qu'elle prévoyait d'épouser un prince du sang.

– Et pour la sécurité ? s'enquit Voltaire.

– Vous ne courez aucun risque, lui assura la fiancée perpétuelle. Notre protection repose sur trois points. Premier point, nous sommes prévenues des descentes méditées par M. le lieutenant général. Deuxième point, s'il s'en produit une à l'improviste, le portier fait tinter sa clochette et nous camouflons le matériel. Troisième point, en cas de nécessité, on peut filer par-derrière.

Les invités jouaient au piquet au premier, au trictrac au second, au biribi dans la cave.

– Je m'occupe de la cave ! déclara Émilie.

Mieux valait se séparer pour mener leurs recherches. Elle disparut dans l'escalier.

Au sous-sol se pressait l'habituelle cohorte de voleurs, de tricheurs, d'escrocs de billard, de filles crapuleuses et de faux-monnayeurs venus écouler leur production. Sous son nez, l'un de ces messieurs fit une volte-face, fila sa carte, l'escamota dans ses manchettes. Ces manœuvres ne pouvaient tromper une marquise accoutumée à s'asseoir aux tables de la reine dans les salons de Versailles.

Parmi les agréments destinés aux naïfs et aux angoissés figurait une diseuse de bonne aventure vêtue de couleurs criardes. Émilie lui ayant donné la pièce, la sorcière étala son jeu et déclara :

– Vous allez connaître une longue errance dans les ténèbres. Je vois des diamants glisser entre vos mains pour finir dans celles d'un jeune homme. Une femme sera mise en pièces sous vos yeux.

Cette prédiction insolente et obscène déconcerta Émilie. Elle avait espéré s'entendre annoncer qu'elle aurait de la chance et bornait là son ambition pour la soirée : l'éventail des divertissements à la portée d'une femme honnête n'était pas si grand et elle en avait déjà épuisé plusieurs volets.

Bien qu'elle ne versât pas dans les croyances populaires, elle craignit que ces vilaines pensées ne fussent contraires à sa bonne fortune.

Voltaire et Linant poursuivaient leur ascension. Le démon du jeu régnait en maître à tous les étages. Tandis que la lingère organisait des parties de dés dans la cour, la couturière vidait les poches sous les combles : elle y tenait une petite brocante concomitante à leur gagne-pain.

– C'est le magasin d'un usurier ? demanda Linant sur un ton assez proche du jugement moral.

– Dieu ! Non ! Quel vilain métier ! se récria l'aveugle. Ce sont des articles de famille dont nous nous séparons.

À voir ce qui pendait là, on pouvait en conclure que mamie avait des dessous affriolants et un goût immodéré pour les chapeaux d'hommes. Les articles de famille leur étaient fournis par des joueurs malchanceux qui leur abandonnaient ceci ou cela en paiement de leur dette : boucles de souliers en brillants, frac surpiqué de fil d'argent, tricorne à galon d'or, ou même jupon de bonne facture presque neuf.

Le mot de « jupon » sonna plaisamment à l'oreille des enquêteurs. Une dame venait de se séparer d'une belle garniture de dessous, à la suite d'un coup de dés malencontreux dont les conséquences excédaient le contenu de sa bourse. L'aveugle s'y connaissait, en bonne coquette de soixante-dix ans. Elle avait tâté une dentelle de la première finesse, le genre d'étoffe douce, légère et bien coupée dont toute femme soigneuse d'elle-même voulait envelopper ses jambes.

Ils demandèrent l'autorisation de chercher leur bonheur dans le trésor de famille. L'aveugle le leur permit et, même, elle descendit avertir la couturière, qui sans doute aidait la lingère à spolier de leurs gages un groupe de laquais contaminés par les loisirs dispendieux de leurs maîtres.

Une fois seuls, les visiteurs s'employèrent à remuer les fanfreluches entassées dans les coffres et sur les cintres.

– Si vous trouvez le moindre indice, prévenez-moi, dit Voltaire.

Il n'y avait là que du meilleur. Ces flambeurs invétérés se passaient toutes leurs fantaisies, les écus leur filaient entre les doigts. Les soirs de malchance, les chefs-d'œuvre de l'artisanat français s'engloutissaient dans l'escarcelle des tenancières.

– J'ai un indice, déclara Linant d'une voix blanche.

L'indice avait la forme d'une femme entre deux âges, une pelote d'épingles accrochée au poignet par un ruban, si bien qu'on jugea inutile d'attendre la couturière. En revanche, point de dentelles italiennes. Belphégor, cette fois, était passé à temps. Ils avaient perdu leur course avec le diable ; car il fallait bien être le diable pour les avoir devancés.

Il importait de récupérer Émilie à la cave. Voltaire descendit l'escalier quatre à quatre. Il posta Linant dans le vestibule, avec mission de guetter toute agitation soudaine qui eût indiqué la découverte du corps.

La marquise était accrochée à la table de biribi, les yeux fiévreux, le front moite. Il saisit son bras alors qu'elle poussait vers le banquier une mise dont le montant lui parut tout à fait exagéré.

– Ne jouez pas à ça : on y perd beaucoup trop !

– Où serait le plaisir ? répondit-elle en essayant de se dégager.

Il ne l'emmènerait plus enquêter dans les maisons de jeu : on y passait plus de temps à la surveiller qu'à chercher des indices.

– Partons d'ici, déclara le rabat-joie. Les trompettes de l'Apocalypse sont sur le point de sonner, notre malebeste a fait des ravages.

Émilie n'eut pas le temps de comprendre de quelles trompettes il parlait. La clochette d'alarme se mit à tinter comme au Jugement dernier. Satan avait dû oublier quelque chose : il était de retour sous une enveloppe policière encore moins sympathique que celle d'un assassin à pattes de bouc. Voltaire suggéra à son amie de ramasser ses gains en toute hâte : ils risquaient de connaître des déboires sur les points un, deux et trois, et même de voir s'allonger la liste des points épineux.

Linant déboula de l'escalier avec autant de rapidité que le lui permettait sa rotondité.

– C'est une descente ! clama-t-il, si bien que chacun s'activa pour empocher sa mise.

Le portier retiendrait ces messieurs du Châtelet en jouant les durs d'oreille, mais il finirait bien par leur ouvrir, et ce serait l'intrusion du renard dans le poulailler prohibé.

Nos trois enquêteurs assistèrent alors à un phénomène aussi fascinant que la transmutation du plomb en or : le sous-sol se changea en cave d'œnologie pour fins palais. Les tables devinrent tonneaux, on distribua aux joueurs des coupelles et tout le monde parut être là pour acheter des liqueurs. Ils supposèrent que le reste de la maisonnée opérait sa mue dans le même temps. Émilie s'enchanta d'avoir quelque chose à raconter à la reine la prochaine fois qu'elle irait biribiser à la cour. Elle jugea tout cela charmant. Voltaire, beaucoup moins.

– Filons ! Le point numéro un a des lacunes !

– Nous ne risquons rien, dit Émilie, rappelez-vous le point numéro deux.

– Je crois que la présence d'un cadavre dans la maison exige de sauter directement au point numéro trois. Évacuation immédiate des philosophes et des marquises !

Déjà, on entendait les semelles des exempts qui montaient au premier. Ces messieurs y trouvèrent un grand souper, un bal au deuxième, un cabinet de lecture plus haut, et, au-dessus, un marchand d'antiquités chez qui se pressaient les amateurs d'art. La visite chez la couturière risquait cependant d'avoir des suites problématiques.

Les soldats du guet campaient aux deux entrées. Nos enquêteurs se virent bel et bien pris au piège dans leur cave à vin. Émilie se demanda si la reine recevait encore les marquises qui avaient été surprises dans des tripots en compagnie d'un cadavre. Linant se glissa derrière un rideau qui n'eût pas suffi à dissimuler son embonpoint. Son absence de jugement fut pourtant récompensée : ces draperies masquaient une porte qui n'était pas verrouillée. On pouvait parier que cet accès donnait sur une cave mitoyenne où, peut-être, la force publique n'aurait pas l'idée de les suivre.

Mme du Châtelet hésitait à se présenter à l'improviste chez des inconnus, cela n'était pas recommandé par les précis de savoir-vivre. Lorsqu'on entendit un bruit de bottes qui descendait vers eux, ils firent le pari de la cave et de la liberté, abandonnèrent leurs compagnons à leurs libations et filèrent là où le salut les appelait.

CHAPITRE DOUZIÈME

Comment un philosophe découvrit des cavernes très peu platoniciennes.

La maison attenante était occupée par un pâtissier qui avait là son four. Les fuyards s'en réjouirent : nul ne viendrait les chercher parmi les choux à la crème. Un brouhaha de conversations ayant attiré leur attention sur la salle contiguë, ils virent une assemblée de pâtissiers occupés à lancer les dés. Ici aussi on donnait à jouer, quoique dans une compagnie moins huppée. C'était apparemment la plaie du quartier. À choisir, la marquise eût préféré être arrêtée avec les joueurs bouclés et poudrés de l'hôtel voisin. Il fallut fuir encore.

Une porte donnait sur un escalier qui descendait plus bas.

– Qui sait ? dit Voltaire, nous tomberons peut-être sur un charcutier qui tient une table de pharaon. Cela vous irait-il, le pharaon, pour votre arrestation, ma chère ?

À force de s'enfoncer dans les entrailles de la terre, ils finiraient par découvrir le tombeau d'un roi mérovingien enterré avec son glaive et son cheval.

Les marches les menèrent à de vastes salles reliées par des couloirs creusés dans la roche. Voltaire avait ouï-dire que c'étaient les anciennes carrières de Paris. Les plus grandes cavités tenaient par des colonnes, des piliers, des étais. Il y avait des voûtes en plein cintre et de toutes les formes, des parois de roc ou de pierres, de beaux corridors façon « crypte de cathédrale », de simples boyaux mal dégrossis. Quant au sol, on y piétinait ce que les rats n'avaient pas mangé, y compris les rats eux-mêmes.

Voltaire eut une révélation.

– Tout ce qui existe en plein au-dehors existe en creux en dedans !

Il n'avait plus qu'à mettre cela en latin, il tenait le titre d'un petit traité promis à faire l'admiration de tous. On ne pouvait manquer de voir dans cette opposition un principe sur la nature du monde physique. Chaque pierre de Paris avait laissé sous terre un vide équivalent. Ils étaient dans une ville inversée.

– J'ai lu quelque part que Mansart avait dessiné un escalier qui menait ici depuis le Val-de-Grâce, se souvint Voltaire.

Si, en plus, on avait l'occasion d'admirer quelque morceau de belle architecture, la visite allait devenir exaltante.

– Tâchons d'aller de ce côté, dit Émilie, qui se voyait mieux émerger des tréfonds par de la construction estampillée « grand siècle » que par l'arrière-boutique d'une charcuterie.

On tâcha surtout de s'en aller par où cela montait. En réalité, on s'en allait où l'on pouvait. Cela tenait des grottes, des galeries et du cénotaphe. Ils firent marcher Linant devant, par mesure de sûreté – pour la sûreté de ceux qui allaient derrière. Gênée par l'ampleur de ses robes, Émilie les retardait. Voltaire se permit une réflexion sur le peu de résistance des marquises en cas de fuite dans des souterrains obscurs.

– Croyez-vous que ce soit commode, en tenue de soirée ? se défendit l'accusée. Échangeons nos vêtements, nous verrons comment vous vous en sortirez.

Il s'abstint de rien dire, il avait déjà du mal avec la hauteur de sa perruque, qui se prenait dans toutes les cochonneries, toiles d'araignées, chauves-souris, concrétions calcaires, qui pendaient du plafond. Mieux valait faire preuve de solidarité entre victimes de la mode.

Les odeurs différaient selon les endroits : c'était tantôt la vase, la moisissure, les champignons ou les ordures mal identifiées, dont ils rencontraient une grande variété de couloir en couloir.

Ils découvrirent des empreintes de pattes de chèvres dans le sable. Comme on ne pouvait supposer qu'un fermier eût installé ici sa laiterie, il fallait en déduire qu'ils marchaient, au propre comme au figuré, dans les pas du démon. Cela expliquait que leur adversaire pût se déplacer avec des pieds de bouc en plein Paris sans être remarqué. Une éventualité eût été de suivre la piste, avec l'espoir de tomber sur la cachette de l'assassin et non sur le huitième cercle des Enfers. Une autre proposition fut accueillie avec plus d'enthousiasme :

– Allons le dénoncer à M. Hérault ! dit la marquise. De quel côté, le Châtelet ?

– Sur l'autre rive de la Seine, répondit Voltaire. Savez-vous nager, ma chère ?

À défaut d'être experte en natation, Émilie possédait une boussole. Si utile que fût l'objet dans leur situation, le philosophe s'étonna qu'elle se munît de cet accessoire pour ses sorties en ville.

– Quand je sors avec vous, je tiens à ne pas perdre le nord, répondit-elle en essayant de se repérer d'après l'indication de la petite aiguille.

Un plan de bataille fut établi : on irait vers le sud – le Val-de-Grâce, les escaliers signés par de prestigieux architectes –, on éviterait le nord – le fleuve, l'humidité, la perspective de périr noyés.

Voltaire vit bien que son amie était soucieuse, en plus d'être empêtrée dans une robe encombrante. Comme le trajet ne regorgeait pas d'agréments, elle lui fit part des étranges prédictions de la bohémienne au sujet d'un trajet dans un monde ténébreux. Et voilà qu'elle plongeait les yeux fermés dans des souterrains ! La coïncidence avait de quoi troubler les physiciennes les plus attachées au rationalisme. Il ne lui restait qu'à mettre la main sur les diamants et à se méfier du jeune homme censé les lui prendre. L'écrivain, à qui on n'avait rien prédit, traita de haut ces absurdités.

– Les seules prédictions dangereuses sont celles auxquelles nous portons foi. Le mal qu'on nous promet n'a que la force que nous lui supposons. Regardez-moi ! Je méprise la censure, l'arbitraire et la nourriture grasse : ils perdent toute influence sur moi !

Les fours à chaux et les gisements de plâtre furent une nouvelle occasion de montrer son savoir. Les Romains avaient commencé à faire de Lutèce un gruyère pour extraire les blocs nécessaires à leurs thermes, à leurs temples, à leurs amphithéâtres. On voyait aussi des parcelles privées, exploitées séparément au Moyen Âge.

Ces visites culturelles étaient riches d'enseignement. Assis sur des moellons de maçonnerie, Linant et la marquise prirent un peu de repos en suivant d'un œil distrait la chandelle du lutin cavernicole. Celui-ci leur expliqua comment, au fil des siècles, toute cette rocaille avait permis d'édifier la capitale sans qu'il fût besoin d'importer d'autres matériaux.

– C'est très fin, dit Émilie. Et quand nos maisons s'abîmeront dans ces trous, ce sera par l'ingéniosité de nos ancêtres.

Certes, le ciel de roche de ces exploitations désertées, oubliées, se détériorait. Le bruit courait que des éboulements se produisaient sans qu'on pût les enrayer, faute d'accès. Des effondrements avaient lieu dans les quartiers les plus minés.

– Mais c'est affreux ! dit Émilie. Je n'avais jamais entendu parler de ça !

– La police de M. Hérault est bien faite, répondit l'abonné à la gazette de Hollande.

Certains boyaux étaient surmontés d'une croix gravée. Linant voulait toujours emprunter ceux-là :

– J'entends le message de Dieu !

– Si vous entendez Dieu, s'il vous plaît, priez-le de parler plus fort, dit Voltaire.

Ils atteignirent une zone inondée. Le domaine caverneux avait son étang.

– En tout cas, nous ne mourrons pas de soif, se félicita le philosophe. Et, pour peu qu'il y ait du poisson, de faim non plus.

On admira son optimisme. Ils marchaient ainsi depuis des heures.

– D'habitude, fit observer Émilie, mes soupirants me conduisent au bal, non dans des trous malpropres.

– N'accablez pas la personne qui fait le soleil de votre vie, dit Voltaire.

– Oui, mais… il y a des éclipses.

Pour passer le temps, elle calculait de tête les volumes rencontrés et les distances parcourues.

Voltaire reconnut les galeries du Val-de-Bièvre à leur exploitation selon la méthode dite des « piliers tournés ».

– Vous nous ferez la visite une prochaine fois, dit Émilie. Trouvez-nous la sortie.

Il y eut des bruits de pas, amplifiés par la réfraction.

– Le diable ! Le diable ! s'écria Linant, qu'il fallut retenir par sa redingote.

Ils croisèrent des marcheurs munis de lanternes, chargés de paquets. À leur mise, à leurs cheveux poudrés, on devinait des personnes de qualité qui fuyaient avec leurs biens. Il y avait là trois générations de bonnes gens qui emportaient des horloges dorées, des sacs d'où dépassaient des chandeliers ouvragés, des boîtes armoriées où l'on rangeait les couverts en vermeil.

– Descente de police dans une salle de jeu ? s'informa Voltaire.

– Descente d'huissier avec saisie conservatoire, répondit le *pater familias*. Savez-vous de quel côté est l'embarcadère de Rouen ?

Son épouse était en veste cintrée « feuillage d'automne » et chapeau-tuyau à plumes de faisan, une grosse épingle piquée dans sa lavallière, ce qui eût été parfait pour la chasse. Elle s'en prit à un garçonnet en bas blancs et souliers vernis.

– Charles-Louis, cessez de sautiller, vous semez nos petites cuillers ! Prenez exemple sur Marie-Thérèse, ajouta-t-elle en désignant une fillette qui posait délicatement ses chaussons de soie sur le sol terreux, un gros nœud mauve dans le dos. Voyez comme elle fuit avec grâce !

On se salua très bas et chacun poursuivit son errance de son côté.

Linant réclama une pause. La conviction d'avoir sauté un repas lui ôtait ses forces. Ils abordaient une excavation aménagée en chapelle, aux murs couverts de gravures, avec autel et bénitier. Ce devait être une de ces fameuses cryptes funéraires anciennes.

– Un sépulcre interdit ! dit Linant.

Voltaire vit sur les parois les effigies en relief de déités païennes telles que Belisama.

– Nos ancêtres les Gaulois se souciaient peu des règlements à la Hérault, vous savez.

Le sentier devait courir sous un cimetière mal consolidé : des ossements pleuvaient du plafond. Paris était bâti sur une nécropole macabre en tranches d'emmental.

Des pièces de monnaie jonchaient le sol. Un puits inaccessible s'ouvrait au-dessus de leur tête. Émilie avait lu un paragraphe à ce sujet chez Mme Doublet : un profiteur disait aux crédules que les pensionnaires du purgatoire croupissaient dans les sous-sols parisiens et réclamaient des dons en numéraires. Le mécréant avait étendu un drap pour récolter les offrandes. Voltaire soupira. L'exploitation de la bêtise humaine serait toujours plus lucrative que la diffusion d'écrits pétillants et novateurs.

Ils aperçurent un groupe de gens qui célébraient une messe clandestine sous un Christ aux bras verticaux. C'était le culte janséniste banni par le cardinal de Fleury. Confinés comme les premiers martyrs dans leurs catacombes, ils priaient le ciel lointain de les délivrer des hérétiques.

– *Patheticus pitoyabilis*, dit Voltaire.

– Si j'avais su que c'était là que tout le monde venait s'amuser, déclara Émilie, j'y serais descendue plus tôt.

Devant un croisement à trois branches, chacun tint pour une direction différente. Voltaire les entraîna à gauche, au risque de démontrer qu'une grande intelligence ne préserve pas de faire de mauvais choix.

Les effluves déplaisants qu'ils avaient sentis jusqu'alors furent couverts par un autre : cela puait le soufre.

– Oh, ce n'est pas bon signe, dit Linant. Changeons de cap.

Voltaire affirma que cette odeur n'avait aucun rapport avec un quelconque démon qui poignardait les gens pour voler des jupons : ce minéral affleurait ici de manière naturelle.

L'abbé rassuré, ils reprirent leur marche et se trouvèrent, au virage suivant, face à un grand bonhomme cornu, enveloppé dans une cape d'où dépassaient des sabots de bouc, une vérité indéniable qui venait contredire de récents propos péremptoires.

Le Malin était d'une taille impressionnante. Ce n'était pas de ces petits démons presque mignons, affublés d'une minuscule paire de cornes, que l'on pouvait s'amuser à tirer par la queue les jours de disette. Celui-ci mesurait près de sept pieds et n'avait rien de charmant. Bien qu'on ne pût discerner ses traits, sa physionomie leur fit regretter René Hérault ; c'était tout dire.

L'abbé s'abîma dans une prière latine, probablement parce que sa langue était le dernier organe capable de bouger quand la peur paralysait tout le reste. Voltaire fit, à tout hasard, l'essai d'un « *Vade retro Satanas !* », pour le cas où la bête eût répondu aux formules consacrées. La marquise proposa une tactique plus énergique : la fuite à toutes jambes. Mieux valait se mettre à l'abri et laisser l'archevêché régler ce genre de cas.

S'ensuivit une course-poursuite de lapins dans des terriers. Voltaire glissa sur quelque chose de sale, chut et resta allongé, persuadé d'être mort. « L'enfer, c'est de tomber sans que quiconque vous relève », songea-t-il. Linant lui tendit une main potelée et secourable. Quand ces messieurs s'arrêtèrent pour reprendre leur souffle, après avoir bifurqué plusieurs fois, ils virent qu'ils avaient semé la marquise.

L'horreur franchit un nouveau seuil : un son terrible s'éleva. Une tempête homérique soufflait dans ces cavernes. Cela tenait du mugissement de buffle en rut et du craquement de chêne millénaire abattu par la foudre. Linant s'évanouissait, Voltaire dut le gifler. Lui-même ne surmonta sa panique que par le secours d'une foi inaltérable dans les rouages du matérialisme cartésien.

Il était impossible à un homme d'honneur de laisser une marquise se faire dévorer vive par un être qui n'avait rien d'humain, ni les pieds ni la gueule, si l'on en jugeait par le feulement de chimère qui déchirait leurs tympans. Ils rassemblèrent leur courage et progressèrent de ce côté.

Ayant perçu un bruit de pas précipités, ils se plaquèrent dans un recoin et virent passer le diable, qui s'enfuyait à toutes pattes. Le meuglement venait de plus loin.

À force de remonter la piste du son calamiteux, ils découvrirent Émilie, seule au centre d'une vaste cavité qui lui servait d'opéra, où elle bissait une aria truffée de vocalises furibondes. C'était un extrait du *Martirio di Santa Eugenia*, opéra de Porpora, le compositeur préféré des castrats et des cantatrices à forte poitrine. De toute évidence, le diable n'aimait pas le bel canto, quoi que prétendissent les ennemis des coloratures déchaînées et des sopranistes froufroutants. Les clameurs harmoniques de *Santa Eugenia* avaient repoussé Belzébuth, le démon n'était pas bon public.

– Vous ai-je dit que je prenais des leçons de chant ? dit Émilie en rajustant une mèche de cheveux que ses *pizzicati* avaient détachée de son chignon.

Linant la contemplait avec des yeux ronds. Il n'était pas certain, au cas où elle déciderait de leur chanter la suite, de ne pas s'enfuir avec le diable.

Il fallait à présent quitter cet endroit au plus vite, d'autant que les sons d'apocalypse déployés par la cantatrice pouvaient avoir ébranlé la structure.

– Un fort joli son d'apocalypse, précisa Voltaire, qui ne tenait pas à s'attirer les foudres de la trompe de brume à qui il devait son bonheur.

Satisfaite du peu de résistance des démons devant la splendeur de l'art lyrique, Émilie retrouva sa sérénité de femme de science. Une personne qui avait chassé Moloch à coups de trilles en *ré* mineur n'avait plus rien à redouter.

– Après tout, la mort fait partie de la vie, dit-elle, tandis qu'une fine poudre s'écoulait du plafond par les fissures.

La mort ne faisait pas du tout partie du projet de Voltaire, ou très tard ; pas avant qu'on ne décidât de placer les écrivains novateurs dans un tombeau intitulé « Panthéon », en tout cas.

Ils rencontrèrent enfin un escalier et le gravirent sans se demander à quelle charcuterie il les menait. Ils entrèrent dans une pièce remplie de décors peints, de costumes et d'accessoires. Cette charcuterie ne leur était pas inconnue. Ils avaient émergé des Enfers par les coulisses de la Comédie-Française.

– Tiens ! dit un employé qui déplaçait des buis en carton-pâte. Monsieur de Voltaire ! Vous venez de plus en plus tôt pour vos répétitions !

À cette heure-là, il ne fallait pas compter que ces messieurs et ces demoiselles fussent levés. Pour une fois, l'écrivain s'en réjouit : son apparence eût terni une aura qu'il voulait éclatante. Un miroir de loge leur montra dans quel état de saleté indescriptible ils étaient.

– Je vérifiais la solidité du Théâtre-Français, dit-il pour expliquer la crasse.

Vu leur point de départ et leur point d'arrivée, force leur fut de constater qu'ils avaient tourné en rond toute la nuit. Le décorateur de la Comédie renifla avec réprobation. En ces temps de guerre polonaise, la vogue était plutôt à la fragrance « cuir de Varsovie » qu'aux parfums soufrés.

Le philosophe était épuisé, affamé, décoiffé, rien n'allait plus.

– Jamais je n'aurai de repos ! L'Église m'en veut ! Les jansénistes me haïssent ! Même le diable ne m'aime pas !

La marquise dut encore le consoler. L'escalier les avait ramenés à la surface, mais ce fut elle qui le ramena sur terre.

– Allons, allons. Tout écrivain doit se faire détester par une poignée d'imbéciles, sans quoi il manquerait quelque chose à sa réussite.

– Ah, ma bonne ! dit-il en se penchant pour lui baiser les mains, ce qu'il s'abstint de faire quand il les eut sous les yeux. Sans vous, je deviendrais fou !

Il n'avait d'ailleurs pas l'absolue certitude d'être sain d'esprit, même avec elle.

CHAPITRE TREIZIÈME

Où Voltaire fait entrer le Moyen Âge dans la modernité.

Se nettoyer sans se laver exigeait tout un art qui n'était pas la moindre réussite du XVIIIe siècle. Voltaire n'avait pas l'intention de réitérer chaque semaine l'exercice long et aventureux de la baignade. Il avait essayé le bain d'hiver ; le prochain serait en été pour n'en pas épuiser la nouveauté. Le maître baigneur lui avait cédé un lot de produits qui feraient, à l'en croire, le même effet. Il y avait là une pâte au lait d'amandes, de la pommade à la fleur d'oranger, une crème pour le visage à la panne de porc mâle agrémentée d'un mélange de cire, de graisse de baleine et d'un soupçon de perle fine qui lui valait le nom flatteur de « Baume de Cléopâtre ». Il en usa abondamment. Le parfum confortait, renforçait, il revigorait le corps et l'esprit.

De nouveau propre, frais et sentant bon, l'écrivain partit rejoindre ce qu'il appelait « son tripot tragique[1] ».

Après toutes ces aventures et sans avoir dormi une heure, il arriva à la Comédie le premier. Il n'en fut pas ravi. Ces héritiers du grand art en prenaient à leur aise.

– Ce ne sont que des fils et petits-fils de grands tragédiens ! Allez me chercher leurs aïeux dans la tombe !

Il s'installa sur un sofa pour somnoler un peu.

À leur arrivée, les acteurs s'excusèrent de ne pouvoir se lever si tôt que messieurs les auteurs : ils menaient, la nuit, une vie mondaine très remplie. Voltaire rétorqua qu'il parvenait, lui, à être à l'heure, et ne croyait pas qu'on eût des activités nocturnes plus trépidantes que les siennes.

La Gaussin, toujours aussi radieuse, aussi blonde, aussi magnifiquement parée, ne les rejoignit qu'avec vingt minutes de retard, ce qui était une marque de grande modestie chez une personne aussi recherchée. Voltaire nota que le marquis au petit chien n'était pas le même que la fois précédente. C'était là le caniche le mieux servi de Paris. Il réprouva l'inconstance de cet animal, qui changeait de porteur un peu trop souvent pour être considéré comme un chien honnête ; les

1. Authentique.

bien-pensants eussent trouvé que ce caniche menait une vie déréglée.

Coucy et le duc de Vendôme, à la première scène qu'ils eurent ensemble, firent mine de se saluer avec des chapeaux à plumes. Ces plumes restèrent coincées dans le gosier de l'auteur.

– Que faites-vous là ?

– Nous nous saluons comme nous le ferons quand nous aurons des tricornes, expliqua Legrand fils.

– Vous n'en aurez pas.

On s'étonna. Comment pouvait-on interpréter une tragédie sans tricorne ?

Il les pria de jouer « moins raide », « plus rond ».

– Ah. Un peu comme du Marivaux, donc ? s'aventura Grandval, qui avait eu du succès dans *La Seconde Surprise de l'amour*.

Voltaire rougit. Avec son invention d'un théâtre de finesse et de subtilité, Marivaux lui faisait le même effet qu'une gousse d'ail sur un vampire. Marivaux avait mis toute son intelligence dans ses pièces, Voltaire avait mis la sienne partout ailleurs.

– Comment peut-on plaire au public sans faire crier les actrices ? Cela m'échappe.

– Elles se reposent la voix pour le moment où elles joueront vos pièces, répondit Quinault.

Puisque, assurément, ils ne comprenaient rien à la grande tragédie médiévale, l'auteur s'occupa de la leur faire entrer dans la cervelle par force. Il prenait à tout moment leur place pour leur montrer comment jouer du Voltaire. Il grimpait sur le plateau, en redescendait, courait de l'un à l'autre, indiquait un jeu de scène à celui-ci, une intonation à celle-là, intarissable, étourdissant, épuisant, fulgurant.

– J'aurais dû être directeur ! Ma vie est un échec !

Quinault eut envie de retourner se coucher.

– Je suggère de laisser l'auteur jouer sa pièce tout seul, il sera content de la troupe.

Faisaient-ils honneur à ses vers, il les saluait de dithyrambes ; hésitaient-ils, il les tançait ; se trompaient-ils, il les vouait au Tartare[1]. À ce stade des répétitions, l'ambiance était plus aux gouffres de Pluton qu'aux harpes du paradis. Les oreilles leur sifflaient. Comme on lui reprochait certains mots d'une articulation malaisée, il les pria de ne pas l'ennuyer avec des détails.

– Je suis davantage qu'un rimeur : je suis un penseur !

On eût aimé qu'il pût être les deux à la fois. La rime avait sur sa pensée un effet atrophiant. Les belles envolées philosophiques auxquelles ses lecteurs étaient accoutumés tombaient à plat dans son théâtre, et ses idées pleines de grandeur y devenaient toutes petites.

Il savait mal son propre texte, s'impatientait, s'en prenait au souffleur. Nonobstant, le peu qu'il joua fut jugé excellent.

1. Fleuve des Enfers.

– Il est insupportable, il a tous les défauts du monde, mais s'il voulait être comédien, dit Grandval, il serait le premier.

– Faute de concurrence, dit Quinault. Nous quitterions tous le métier pour ne pas avoir à le supporter.

Lorsque l'affreux duc de Vendôme, ayant appris que sa dulcinée lui préférait son frère, menaçait d'éviscérer tout le monde, Voltaire crut qu'ils prenaient le thé sous les rosiers de Marly. Il leur mima l'action avec sa canne.

– Là, vous menacez Nemours de votre épée.

– Je menace qui avec quoi ? dit Quinault.

– Vous brandissez votre glaive sur sa tête !

Il n'était pas question de brandir quoi que ce fût sur qui que ce fût. Un sociétaire avec dix ans d'ancienneté ne brandissait rien du tout. Que les héros fussent vieux ou jeunes, romains ou français, ils avaient les mêmes gestes, déterminés au quart de cercle. Ils ne devaient ni allonger le bras, ni faire de mouvements brusques, ni traverser la scène au pas de charge. Cela eût été inconvenant, la dignité tragique en eût été blessée. Un Titus baisait la main de sa Bérénice en parfait gentilhomme et lui faisait la révérence avant de sortir.

Quinault proférait ses imprécations sur le ton qu'on employait pour réciter *Le Corbeau et le Renard.*

– C'est son frère, que votre personnage veut tuer, protesta Voltaire, non ma réputation !

Quinault était sur le point de brandir son épée sur quelqu'un qui n'était pas son frère quand la lumière divine fondit sur lui. Il reprit sa tirade en adressant ses menaces à la perruque Régence qu'il discernait en contrebas.

Voltaire salua ce progrès, nullement effrayé par une lueur de folie meurtrière qui avait fait reculer tous les autres.

– Je ne sais à quoi vous pensiez pendant cette diatribe, mais cela vous réussit à merveille !

– C'est mon secret, répondit l'acteur.

Le rôle de Coucy eût réclamé un homme bien fait, au mollet galbé, à la voix passionnée, pleurant tantôt d'attendrissement, tantôt de colère, proférant des paroles de feu. Dépourvu de tout cela, Legrand fils avait la diction paresseuse et des déplacements d'une lenteur languissante. Voltaire s'impatienta.

– Si j'eusse voulu que l'on jouât comme un escargot, je l'eusse indiqué.

Chapitrée en coulisse, la Gaussin, qui voulait bien faire, traversa la scène en courant. Ses compagnons furent frappés de stupeur.

– Que vient-elle de faire ?

– Elle a couru.

– En scène.

– C'est indécent. Sommes-nous au… au… dans un lieu où l'on court ?

– Ah non, monsieur, s'insurgea Mlle Jouvenot, vous allez trop loin. Pour la philosophie, nous n'avons rien dit, mais courir en scène, c'est inacceptable.

Enfin, dans le grand duo d'amour contrarié, il obtint que le jeune premier s'adressât à sa belle le jarret tendu – être un bon acteur voltairien réclamait du jarret –, les talons en équerre, les bras en avant, les mains jointes, dans une position qui, à vrai dire, ne tenait guère du Moyen Âge. L'auteur leva les bras au ciel.

– Voilà ! Bravo ! Vous êtes bons ! Je suis génial !

Puisqu'on arrivait enfin à quelque chose, il décida de prolonger la répétition jusqu'à la nuit et de reprendre à l'aube :

– Je pense que nous sommes d'accord pour ne pas quitter cette salle tant que nous ne serons pas au point. L'art réclame de ces sacrifices, n'est-ce pas ?

Le sacrifice parut un peu fort.

Un comédien entra, tout essoufflé.

– Des danseurs de corde se permettent de dire des répliques entre leurs sauts périlleux !

La réprobation fut unanime – si l'on excepte l'homme à la perruque à rouleaux.

– Appelons la police ! s'écrièrent les sociétaires. Hérault ! Hérault !

C'était très désagréable, Voltaire sursautait chaque fois que l'on prononçait ce nom.

– Ne pourrait-on plutôt se concentrer sur mon texte…

– Mais, cher ami, c'est votre intérêt que nous défendons ! lui rétorqua Quinault.

Un battement de cils suffit pour qu'il se retrouvât seul avec sa tragédie. Il se demanda un instant si ces découvertes fortuites n'étaient pas commandées à l'avance. Il écarta cette idée : qui eût préféré courir après des danseurs de corde plutôt que de répéter inlassablement ses vers sublimes ? Il se reprocha son manque de foi en lui-même ; la modestie était son principal défaut.

CHAPITRE QUATORZIÈME

Où l'on voit l'Antiquité romaine investir les locaux de la police.

Puisque ces malheureux acteurs persécutés par des acrobates doués de parole avaient dû se précipiter pour sauver leur gagne-pain, Voltaire avait du temps à consacrer à l'avenir conjoint du père Pollet et des brûlots avant-gardistes en attente de parution.

Il trouva Émilie chez lui, puisqu'elle y était toujours et lui jamais. Elle lui reprocha de passer sa vie à la Comédie : cela n'était pas sérieux.

Il lui rappela que le théâtre était toute sa vie. Il s'y adonnait en mémoire d'Adrienne Lecouvreur, cette admirable femme trop tôt disparue, dont l'Église avait fait jeter le corps à la voirie au motif qu'elle était actrice. Émilie connaissait l'anecdote et n'en était pas friande.

– Vous n'allez pas m'assener toujours le souvenir de vos anciennes conquêtes.

– Mais elle est morte ! plaida Voltaire.

– Raison de plus. Concurrence déloyale !

Étant toujours là, elle, pour régler les problèmes du penseur, elle avait fait un crochet par le salon de Mme Doublet. Vu l'absence d'information dont disposait Dieu en sa paroisse de Saint-Thomas, la descente de police à l'hôtel de Transylvanie ne devait pas avoir débouché sur grand-chose, et surtout pas sur la découverte d'un cadavre de couturière trucidée par le démon – un tel événement eût alimenté la chronique officieuse. En revanche, on avait trouvé un corps féminin inconnu, dans la rue, un peu plus tard au cours de la même nuit. Émilie supposait que les tenanciers du tripot avaient réussi à escamoter la dépouille à la barbe des policiers, aussi prestement qu'ils l'avaient fait des cartes et des jetons, et l'avaient déposée n'importe où pour ne pas mettre en péril une activité dont dépendaient tant de braves femmes. La police, en ces occasions, avait coutume d'exposer sa trouvaille à la morgue, dans l'espoir que quelqu'un l'identifierait à sa place.

Or la marquise se tenait un raisonnement d'une logique à la hauteur d'une observation expérimentale : s'ils n'avaient pas trouvé le jupon, peut-être l'assassin ne l'avait-il pas découvert non plus. Peut-être aucun d'eux n'avait-il cherché au bon endroit : sous la robe de la victime !

Voltaire la félicita d'une idée qu'il n'avait pas eue et qu'il n'eût point osé avoir.

Émilie ne prétendait pas s'arrêter en si bon chemin. La théorie était brillante, il fallait à présent démontrer son exactitude. Bon ami rechigna. Entre ses répétitions et les courses dans les carrières, il ne parvenait plus à produire cette prose réformatrice qui seule pouvait tirer d'erreur l'humanité.

– Je voudrais écrire sur Dieu.

– On vous crucifiera, le prévint la marquise.

– Sur Jeanne d'Arc, alors.

– Voulez-vous finir brûlé ?

Mieux valait, pour l'avenir de la philosophie, s'en aller identifier la tête des autres, plutôt que risquer celle du philosophe par des dissertations hasardeuses.

– *Ars* très très *longa*, se plaignit Voltaire.

– *Vita* terriblement *brevis*, lui opposa Émilie.

À supposer qu'une garniture pour femme était le mobile de tant de meurtres, ce qui forçait l'imagination, la retirer de la circulation eût été un moyen de mettre fin à ces désordres et, peut-être, d'apprendre le nom de celui qui les suscitait, deux informations qui eussent fait la joie du père Pollet.

Ils n'avaient plus qu'à se rendre à la morgue pour trousser la défunte. Le problème était que la morgue était au Châtelet, forteresse noirâtre habitée par un démon autrement plus féroce que celui qui courait les tunnels pour poignarder les bonnes gens.

À Rome, tout citoyen avait le droit de visiter le cadavre de ceux qui avaient succombé à une mort violente. Chacun venait donner son avis sur le genre de fin qu'il leur supposait.

– Soyons romains ! clama Voltaire. Les Romains nous ont donné d'admirables exemples ! La République romaine ! La tolérance religieuse ! Les latrines municipales !

L'auditoire renonça à gâter ce bel élan par l'évocation de l'esclavage, des livraisons de martyrs aux lions du cirque et de l'assassinat comme moyen d'alternance politique.

Il n'était pas question d'avertir le lieutenant général qu'il possédait un jupon fatal, cela fût revenu à dénoncer les travailleurs de la carte et du dé pour dissimulation de crime. On ne pouvait pas non plus demander à Cerbère-Hérault la permission de visiter son antre sans lui expliquer la raison de ce soudain engouement envers les chairs froides. Il fut décidé que l'on se présenterait sous des identités d'emprunt. Voltaire prit le nom d'Antistius, un médecin qui s'était penché sur le corps ensanglanté de Jules César en 44 avant Jésus-Christ. Quant à la marquise, elle fut priée d'endosser une tenue passe-partout. Parmi les femmes à son service, seule Gertrude, sa blanchisseuse alsacienne, avait des mensurations aussi splendides que les physiciennes de talent. Gertrude s'habillait hélas dans des tons de gris qui seyaient peu au teint d'une brune piquante. Émilie agrémenta le tout d'un chapeau à voilette très adéquat pour habiller une bourgeoise en deuil, et aussi pour dissimuler ses traits lors d'opérations secrètes dont la divulgation eût été nuisible à la réputation d'une dame reçue à la cour.

– À quoi la philosophie ne m'oblige-t-elle pas ! dit-elle à son comparse, qui avait fait le sacrifice de sa perruque longue pour avoir l'air d'un provincial, et s'estimait par conséquent méconnaissable.

Le seul élément curieux de son accoutrement était un chapeau rond, noir, entouré d'un ruban bleu à large nœud. Ainsi transformés, ils se rendirent au vilain donjon qui navrait Paris, et firent la queue avec le reste des voyeurs venus défiler devant l'exposition des malheureux ramassés de par la ville. On pouvait y voir les noyés de la Seine, les suicidés dépendus des lanternes, les victimes des détrousseurs et les verts galants frappés d'apoplexie dans les bras des filles perdues. Il y avait de quoi se délecter à bon marché quand on n'avait pas le sou pour aller applaudir Arlequin à la foire.

La pleureuse grecque enveloppée dans ses voiles et le petit bonhomme qui lui donnait le bras s'arrêtèrent devant une couturière dont le séjour sur la chaussée n'avait pas ravivé la fraîcheur.

– Ma pauvre cousine ! s'écria le lutin avec un accent de désespoir qui eût été parfait pour jouer *Adélaïde du Guesclin*.

Il courut avertir le gardien, à qui il se présenta comme « Antistius, chapelier à Saint-Pourçain-sur-Sioule », un lieu dont il ignorait jusqu'à la géographie, mais dont le nom l'avait amusé dans l'indicateur des diligences, sa lecture favorite depuis qu'il publiait. Le couvre-chef rond à gros nœud suffisait à écarter tout malentendu sur son pays natal, forcément très éloigné. Le chapelier et sa commère désiraient reconnaître le corps. On voulut savoir à quel titre.

La marquise se demandait encore pourquoi on l'avait contrainte à se vêtir en femme du peuple. Elle entendit le chapelier de Saint-Pourçain déclarer qu'ils s'étaient inquiétés de rester sans nouvelles de « cette pauvre Prunette, sœur de Mme Duch, ici présente, avec qui elle travaillait comme culottière en chambre ».

De la formule, on retenait surtout « en chambre », ce qui évoquait de tout autres travaux de culotterie. La marquise le jugea fort culotté.

Voltaire la poussa du coude : c'était à elle. Émilie feignit le plus vif chagrin avec de petits « han ! han ! », le nez dans son mouchoir. Elle n'avait pas la douleur très populaire, la princesse de Clèves devait avoir à peu près cet air-là quand elle était enrhumée.

– Vous faites très mal la culottière en pleurs, lui reprocha son impresario, tandis que le gardien notait leurs noms et qualités avec une lente application.

On leur réclama les précisions indispensables au bon fonctionnement de l'administration : l'adresse où envoyer la dépouille et le nom de la personne qui paierait les frais.

– L'archevêché de Paris, répondit Voltaire sans hésiter.

Comme le gardien levait sur lui un regard surpris, il ajouta : « Notre chère Prunette avait des relations dans la culotte », avec un clin d'œil qui dissuada d'en demander davantage ; certainement, les services de renseignement du Châtelet étaient au courant, les coucheries interdites étant leur spécialité.

Lorsque tout fut en ordre, on voulut bien les laisser dans une salle avec la morte, à qui ils désiraient rendre un hommage attendri. La culottière pratiquait l'attendrissement à un degré qui indisposa le policier, geignant, couinant et larmoyant d'une manière difficile à soutenir pour qui n'était pas familier de Sophocle et d'Euripide. Il les laissa à leur peine, avec la recommandation de le prévenir quand ils s'en iraient, et remonta à l'air libre, satisfait du devoir accompli : il y aurait bientôt un cadavre de moins dans sa proximité.

Voltaire était content de s'en être débarrassé aussi aisément.

– Ces messieurs de la police sont comme le reste de la société : il y a le bon, le pire, et la grosse épaisseur de médiocrité entre les deux.

Le gardien parti, Émilie coupa court aux pleurnicheries, releva sa voilette et aida l'écrivain à explorer les dessous de « Prunette ». Ils lui retroussèrent une à une sur la figure les multiples couches de tissus accrochés à sa taille. Ces employées des salles de jeu étaient d'une coquetterie inimaginable. Sous la « modeste » en toile de chanvre, elle trouva la « secrète », qui était en lin, puis la « friponne », le jupon le plus proche du corps, tout de la soie la plus fine surpiquée de dentelle vénitienne. C'était là un travail de qualité supérieure, une marquise n'eût pas rougi d'en porter de pareille.

On ne trouva rien de suspect à ce vêtement. Bien sûr, il était très joliment conçu, d'une belle étoffe, mais hormis sa qualité exceptionnelle, le jupon du drame, si c'était lui, paraissait fort banal pour avoir suscité tant de meurtres.

Émilie s'intéressa au cadavre. La plaie n'avait pas été infligée par l'habituel couteau des cuisiniers, des bouchers ou des assassins fous. La malheureuse n'avait pas été frappée avec une ligousse, une flamberge ou un quelconque estramaçon[1]. L'instrument qui avait abrégé sa vie paraissait effilé, lisse et légèrement arqué. Sans doute n'avait-il pas été conçu pour cet usage, ni même, disons, pour larder le rôti. Elle regretta, l'espace d'une seconde, de n'avoir pas été élevée dans un

1. Armes tranchantes.

atelier : elle eût été mieux à même de deviner ce que cela pouvait être.

Tandis que les chapeliers auvergnats et leurs commères en larmes s'épanchaient sur les restes des culottières pourfendues, le gardien, assis dans la cour, les fesses sur son registre en croûte de porc, fumait une pipe bien méritée. Il vit approcher M. Hérault, qui rentrait d'une réunion aux Buttes-Chaumont, où l'on vidait le contenu des fosses d'aisances de tout Paris. Comme cet exercice n'avait pas mis le patron de bonne humeur et que la pipe était interdite dans l'enceinte du Châtelet, le fumeur jugea opportun de détourner son attention avec la seule bonne nouvelle de la journée : on avait identifié la femme ramassée dans la rue la nuit précédente.

– Il y a en bas un Levantin qui la connaît !

Le lieutenant général demandait quel soudain accès de perspicacité permettait à son exempt de deviner la religion des gens. On répondit que son nom, de toute évidence, le désignait comme israélite.

Hérault se fit ouvrir le registre élu comme coussin par son subordonné et vit la mention d'« Antistius », patronyme qui lui rappelait des souvenirs de Louis-le-Grand. Il avait fréquenté, lui aussi, les bons collèges, ceux où les jésuites vous apprenaient le latin et l'histoire romaine. Cela lui donna une idée quant à l'identité réelle du Levantin.

Soucieux de vérifier que son intuition faisait toujours de lui le plus fin limier de la Couronne, il descendit à la salle basse où l'on avait laissé les parents éplorés, qu'il trouva en train de déshabiller la défunte.

Le gardien se précipita. Dévêtir les victimes était interdit, il fallait attendre qu'on vous les livrât à domicile, ça n'était pas pour consommer sur place.

Bien qu'aucun trait de René Hérault n'eût bougé – il portait depuis l'enfance un masque de cire fixé sur le visage, d'où sa moue de gamin privé de goûter –, l'ombre d'un sourire narquois parut étirer ses lèvres minces. Il rappela ce que prévoyait la loi à l'égard des usurpateurs d'identité venus cambrioler les locaux de l'administration.

– *Vox populi, vox dei !* protesta Voltaire, contrarié de s'être fait pincer, tout en s'agitant entre les paluches du gardien.

– Monseigneur voit bien que cet étranger parle la langue de la Bible, dit l'exempt, qui voyait dans ce jargon un nouvel argument en faveur de la thèse levantine.

Hérault se promit de solliciter une gratification annuelle pour ceux de ses hommes qui avaient des lettres.

– Pourquoi éprouvez-vous toujours le besoin de venir chez moi incognito ? reprocha-t-il à l'intrus.

Du mot « incognito », le gardien déduisit avec admiration que son maître, au nombre de ses talents, parlait la langue levantine.

– J'y viens pour faire votre travail, et sous un nom d'emprunt parce que vous n'êtes jamais content ! répliqua l'asticot en chapeau rond.

Émilie accusa Hérault d'être un fâcheux incapable de gratitude envers les génies de bonne volonté qui lui rendaient service.

– Mme Duch, je présume ? répondit le lieutenant. La fameuse culottière en chambre ?

La présence de la marquise lui rappelait son faible pour les physiciennes de belle constitution aux répliques incisives. Leur seul défaut était de traîner après elles des gnomes gesticulants. Il voulut savoir pourquoi de si braves gens venaient fouiner dans les caves de sa forteresse.

Les conjurés n'avaient pas prévu de réponse. Que lui dire ? Ils ne pouvaient trahir le secret du vicaire : l'emprise de l'Église sur les philosophes était aussi redoutable que celle de la police. Ils étaient pris entre le sabre et le goupillon.

Une invisible partie de cartes débuta. Hérault menaça son cambrioleur de l'envoyer à For-l'Évêque, la prison la plus incommode de Paris, où l'on reléguait les endettés pour les persuader de rembourser leurs créanciers. Voltaire en appela à l'opinion publique, qui ne supporterait jamais de voir l'arbitraire s'abattre sur sa personne. Hérault ricana, ce qui était un argument en soi. Voltaire joua son va-tout : il avait l'oreille du cardinal de Fleury. Hérault tiqua. L'idée était si incongrue, si invraisemblable, qu'elle en devenait plausible. Avec un tel larron, seule la banalité était impensable. Il exigea une preuve. Voltaire abattit son jeu.

– Vous ne voudriez pas contrister le père Pollet, ce saint que l'univers nous envie…

Ce nom fissura la défense du lieutenant général. Il n'ignorait pas que ces messieurs du séminaire lui avaient dissimulé une mort violente. Le mouchard qu'il avait chez eux – il en avait partout, Paris était un tas de fumier rempli du vrombissement de ses mouches – l'en avait averti. Seulement, le « saint que l'univers nous enviait » était le confesseur du cardinal chef du gouvernement.

Voltaire supputait les raisonnements qui se développaient sous cette trogne de bouledogue. Le policier ignorait à quel point le père Pollet voulait éviter le scandale, il ignorait donc aussi le petit détail des pieds de boucs. Étant parvenus l'un et l'autre à la conclusion qu'ils gagneraient à ne pas compliquer leurs problèmes respectifs, ils transigèrent : Voltaire s'engagea à révéler bientôt quelque chose d'utile au maître du Châtelet, et ce dernier à fermer les yeux sur l'invasion de sa morgue par des chapeliers romains et des culottières à huit quartiers de noblesse.

Avant de sortir, l'écrivain regretta que la lieutenance perdît son temps à s'occuper de ses publications.

– C'est que, mon cher, vos lettres ont du cachet, répondit Hérault.

Voltaire soupira. Si la police se mettait à avoir de l'esprit, la philosophie était dans le lac.

Quand ils ne furent plus sous l'œil de la force publique, Émilie s'étonna de l'acrimonie continuelle dont le lieutenant général faisait preuve à l'égard des grands réformateurs. Voltaire avait sa théorie à ce sujet :

– J'ai choisi d'être moi jusqu'à l'écœurement : je comprends que certains aient une indigestion.

La marquise acquiesça. Elle avait elle-même parfois besoin d'un bon verre de lait, remède souverain contre les brûlures d'estomac.

CHAPITRE QUINZIÈME

Où Voltaire découvre le paradis et combien il est difficile de ne pas s'en voir chasser.

Voltaire regrettait d'avoir dû laisser le jupon sur le postérieur de la défunte. Les petits nœuds distribués un peu partout avaient eu raison de leurs efforts. La tâche des enquêteurs deviendrait plus facile le jour où la mode aurait été simplifiée.

Rue de Longpont, Linant et Lefèvre étaient comme chien et chat, ils se chicanaient toute la journée. Leur maître n'y comprenait rien, c'était infernal. Émilie lui expliqua la situation.

– Voyez-vous, l'aîné craint d'être supplanté dans votre affection, tandis que le cadet est jaloux d'arriver en second. On voit que vous n'avez pas d'enfants.

Il découvrait les joies de la paternité. Que faire donc ?

– La méthode courante serait de leur appliquer à chacun le martinet, et au lit sans souper.

Voltaire ne se voyait pas fesser son personnel, il n'était pas ce genre de patron, ni même d'écrivain.

Une tourte de langues de mouton estampillée « Saint-Nicolas du Chardonnet », le traiteur des philosophes, arriva à point nommé pour faire diversion. Un appel au secours se cachait dans le feuilletage. Voltaire fit la moue.

– De mauvaises nouvelles ? s'informa Émilie.

– Le vicaire sait bien, pourtant, que je ne digère pas la cuisine lourde.

C'était un plat roboratif composé d'abats cuits avec du jambon dans la graisse de bœuf, bardés de lard, couchés sur un hachis d'andouillettes, généreusement assaisonnés d'épices, de poivre et d'essence de viande, le tout lié avec de l'œuf battu, un mélange à suffoquer les penseurs.

Entre la pâte et la couenne, le père Pollet lui faisait savoir qu'il était cerné par les paroisses jansénistes : Saint-Séverin, Saint-Étienne-du-Mont, Saint-Landry, Saint-Paul, tout concourait à son malheur, et si l'on s'éloignait vers les faubourgs, c'était pire. Il comptait sur « son cher allié » pour empêcher le scandale de l'écraser. Émilie n'en revenait pas.

– L'Église et les langues de mouton en appellent à vous !

– Entre deux maux, choisissons le moindre, dit Voltaire.

Il fallait abattre la peste janséniste, quitte à souffrir la grippe catholique. Il avait quelques gentillesses à attendre du cardinal de Fleury, tandis que le moindre disciple de Jansénius l'eût mis à brûler avec ses livres sans un remords.

Émilie le laissa à ses agapes, elle avait à faire. Entre ses leçons de chants, de physique, de mathématiques, et les causeries chez la reine, sa vie d'oisiveté ne lui laissait pas un moment à elle.

Puisque la piste des fanfreluches ne donnait rien, l'enquêteur se rabattit sur celle du théologien transpercé. Ce qui reliait cet assassinat aux meurtres suivants, c'était l'inhumation manquée de la jupière. Le père Lestards avait guidé sa brebis vers l'autre monde, tandis que le fripier, la lingère à moustache et la couturière du tripot avaient eu en main les vêtements de la défunte. Autant remonter à la source. Il décida de rendre visite aux domestiques éplorés qu'il avait laissés, quelques jours plus tôt, en pleine séance d'exorcisme. En l'absence de Craquembert, l'endroit devait être fréquentable.

Feu la maîtresse de maison n'étant plus là – du moins pouvait-on l'espérer, quoique rien ne fût tout à fait sûr –, Voltaire n'avait pas à se faire annoncer. Il toqua à l'huis et sollicita un moment d'entretien. Les habitants se dirent très pris : ils avaient lancé une vaste opération de nettoyage. Le visiteur fit tinter sa bourse ; la porte s'ouvrit en grand.

Les trois serviteurs logeaient là en attendant de trouver d'autres places. La femme de charge avait une coiffe écrue, empesée, façon pot de fleurs, entourée d'un ruban noir avec un nœud en papillon sur le devant. Elle portait une robe gris-jaune toute simple avec une écharpe bleue croisée sur la poitrine. C'était bien cette souris craintive dont il gardait le souvenir. Il constata qu'elle avait assez bonne vue pour avoir garni les poches de son tablier avec tous les couverts de prix tombés sous sa patte, son témoignage en fut fortifié. Par ailleurs, elle se rappelait avoir déjà rencontré « monsieur le grand auteur », aussi vit-on qu'elle n'était pas plus folle que myope.

Le valet était affublé d'un pourpoint trop large, sans doute celui de son prédécesseur. Il était fagoté – chez une couturière, c'était un comble. La culotte bâillait, les manches flottaient, les épaules tombaient. Il eût fallu lui acheter un habit à sa taille ou engager un valet à la taille de l'habit.

La cuisinière avait des bras à porter des paniers, des épaules pour haler les navires sur les canaux, des mains pour étrangler les poules. Elle paraissait fort propre, au demeurant, avec son grand tablier vert noué sur une robe châtaigne. Des trois, c'était elle que l'on eût imaginée assommant les veaux dans une boucherie, ou estourbissant les pauvres gens avec ses couteaux de cuisine, si Émilie n'eût pas établi que l'instrument n'était rien de cela.

Les trois larrons étaient en train d'accomplir un grand nettoyage par le vide. Les objets s'évaporaient. Les marques claires sur les murs s'étaient multipliées, les napperons manquaient sur les guéridons, on voyait des cercles dans la poussière des bahuts, il n'y avait plus rien pour tisonner le feu, les parquets étaient sans tapis, une mite géante avait tout dévoré.

Ils en prenaient d'autant plus à leur aise qu'il n'y avait pas d'héritier. Le gamin aperçu à la visite précédente n'était qu'un petit bâtard recueilli par charité, il n'avait droit à rien. On s'en était débarrassé auprès d'une institution charitable, l'orphelinat du Saint-Esprit. En un mot, on avait fait son bonheur.

Voltaire supposa que la jupière était quelque chose comme la grand-tante du petit, issu d'une relation adultérine, un lien qui justifiait qu'elle l'eût gardé chez elle, mais trop lointain pour l'avoir considéré avec un véritable intérêt.

Pour le reste, la succession serait liquidée au profit du Trésor, qui paierait peut-être l'entretien du garçon s'il pouvait arguer d'un lien de parenté. Les serviteurs recevraient leurs gages, on achèterait des messes pour inciter la défunte à retourner sous terre, et tout serait dit.

De l'avis de Voltaire, tout avait même commencé d'être dit sans attendre la visite du

Trésor. Les serviteurs se payaient de leurs soins envers leur maîtresse, ce qui l'eût moins choqué s'ils ne l'eussent point fait jeter dans un trou infâme.

Il désirait leur poser quelques questions de simple curiosité, si leur tristesse, qu'ils cachaient avec tant de pudeur, le permettait. Avait-on revu la trépassée depuis sa visite post mortem à l'Hôtel-Dieu ? De quoi exactement était-elle morte ? Avait-elle des ennemis retors, prêts à toutes les bassesses, comme, par exemple, des jansénistes ? Quelle était la particularité de ses sous-vêtements ?

Ils furent choqués, aussi bien la servante que la cuisinière ou le valet. La « simple curiosité » du visiteur prenait une tournure très étrange. Pour ce qui était du linge de peau, la femme de charge affirma que madame portait ce qu'il y avait de mieux : elle ne voulait pas que ses clientes, les duchesses, fussent mieux accommodées qu'elle-même pour le dessous, c'était une petite revanche sur l'écart de leurs conditions. Voltaire en déduisit que la société tiendrait ferme sur ses bases tant que l'on n'aurait point de sans-culottes.

S'il n'y avait rien d'intéressant à glaner ici, hormis pour les amateurs de jolis couverts et de vieux tapis, peut-être le gamin détenait-il en revanche un indice ou un renseignement utile. La hâte qu'avaient eue ces gens à l'éloigner lui parut suspecte. Avait-il été le témoin de quelque drame dont on voulait éviter qu'il ne parlât – comme l'assassinat de sa protectrice par une domesticité pressée de se partager la ménagère ? L'hospice du Saint-Esprit était à deux pas de chez lui, il décida d'y faire un saut.

Cette dépendance de l'Hôpital général bordait la place de Grève, face à l'Hôtel de Ville, là où s'opéraient la plupart des exécutions publiques. L'établissement n'était pas pour les gamins perdus. Les jeunes postulants devaient avoir moins de dix ans, être baptisés, natifs de Paris, et n'avoir plus ni père ni mère. Ceux-ci, la plupart du temps, étaient décédés à l'Hôtel-Dieu, qui envoyait ici la progéniture. Une centaine de filles et de garçons y étaient soignés, nourris, instruits dans les bons principes, et gratifiés d'une chemise propre chaque dimanche, en attendant leur entrée en apprentissage.

– C'est le paradis, dites-moi ! s'extasia Voltaire.

L'endroit grouillait de pensionnaires en soutane de drap bleu, un costume inchangé depuis l'époque de François Ier où l'on destinait les orphelins à une carrière de chantre. Certains étaient chaussés de sabots, d'autres de souliers en cuir. Les plus grands s'occupaient des petits sous la direction de maîtresses tout en noir, une haute coiffe sur les cheveux.

Le visiteur réclama une entrevue avec le protégé de la jupière.

– Ah, vous arrivez trop tard ! dit le portier.

Voltaire huma l'air. Se pouvait-il qu'il fût mort,

déjà ? Il demanda si l'on avait senti une odeur de soufre et vu des traces de chèvres.

On ne gardait pas d'animaux à l'intérieur de l'orphelinat ; la seule odeur qu'on y respirait était celle de l'encaustique ; on le jugea bizarre. Le garçon avait été emmené par quelqu'un. On ne pouvait pas le garder, faute de renseignements sur ses origines : il avait échoué à démontrer qu'il était né d'un mariage légitime, or ici on ne mêlait pas les bâtards aux orphelins honnêtes. Une personne qui cherchait des enfants propres et bien élevés était passée, on le lui avait confié pour qu'il apprît un métier, c'était une chance pour lui.

Voltaire vit que ce garçon, décidément, était né sous une bonne étoile : chacun s'ingéniait à le rendre heureux.

– Mais vous les donnez à qui en veut ? s'étonna-t-il.

Ceux que l'on gardait avaient un tuteur légal, on les élevait jusqu'à leurs quinze ans, surtout s'ils possédaient un peu de fortune pour payer leur éducation, ainsi qu'un oncle ou une tante qui veillait à ce qu'on ne s'en défît pas à la première occasion.

Voltaire vit là une institution bien prompte à se séparer des bouches à nourrir, et persuadée que ses pensionnaires seraient partout ailleurs mieux que chez elle. Les réformateurs géniaux avaient encore du travail devant eux.

On voulut bien lui révéler que la généreuse bienfaitrice des petits Poucet tenait commerce à la foire Saint-Germain, qu'elle y était honorablement connue et présentait toutes les garanties requises. Voltaire se dit que les garanties requises pour soulager le Saint-Esprit d'un poids surnuméraire ne devaient pas être très étendues. Il espéra que cette dame n'était pas une honorable montreuse de nains, qu'elle ne mutilait pas les jeunes malheureux pour en faire des gnomes à exhiber, et que le gamin venait d'entamer une brillante carrière de funambule.

CHAPITRE SEIZIÈME

Où l'on voit des morts prendre leur bain dans un manoir des Carpates.

De retour chez lui, Voltaire songeait que les pistes s'effritaient entre ses doigts les unes après les autres. Son grand volume du plan de Paris par Roussel, le plus récent, était posé sur un guéridon, à côté de son fauteuil préféré, un meuble auquel il allait bien devoir prendre un jour le temps de donner un nom. Un bout de papier avait été glissé en guise de marque-page. C'était une feuille manuscrite des *Lettres philosophiques*, que l'on avait pliée en quatre sans respect pour la prose qu'elle contenait. Qui avait pu se permettre ? Le personnel allait subir un interrogatoire à côté duquel l'Inquisition de Torquemada passerait pour une causerie au coin du feu. Alors qu'il lissait avec un soin amoureux le feuillet martyrisé, il vit avec horreur que le sacrilège ne s'était pas arrêté là. Une main qui ne pouvait appartenir qu'à la marquise – qui d'autre eût osé ? – avait griffonné à même la carte.

Le premier moment de stupeur passé, Voltaire vit que ce gribouillis – par bonheur, c'était du fusain, les dommages étaient réparables – n'avait rien d'un mot doux à son intention. Émilie avait tracé de vilains traits et de vilains cercles.

Il comprit. Elle avait reporté les apparitions du carrosse lugubre et relié ces points de manière à définir les limites du champ de courses maudit. Le parcours devenait plus clair. La voiture avait été vue entre l'Hôtel-Dieu et la rue Neuve-des-Petits-Champs, qui n'avait jamais été dépassée. On pouvait penser que les cadavres voyageaient de l'un à l'autre. C'était à un saut de puce – de l'avantage d'habiter au cœur de Paris, à portée du port au grain et du logis des assassins.

Le funeste corbillard, les détournements de dépouilles, l'orteil vagabond, tout cela ne se tenait-il pas ? S'il trouvait un renseignement intéressant, ce serait un bout de gras à jeter dans l'antre du Châtelet pour avoir la paix avec l'ours Hérault.

Il entendit dans la rue le crieur de bain, c'était la providence qui lui parlait.

La marquise avait entouré un pâté de maisons. C'était encore trop vaste. Si le doigt de pied appartenait à l'un des trépassés qui roulaient carrosse, ceux-ci appréciaient la baignade ; on allait leur en proposer une.

– Allez me chercher ce baigneur ! ordonna-t-il.

– Encore un bain ! s'effraya Mme Dumoulin. Vous en avez pris un la semaine dernière ! Ne pourriez-vous vous contenter de changer de linge, comme font les gens honnêtes ?

On le regarda comme un obsédé résolu à devenir sardine. Puis on le soupçonna de cacher sous sa chemise quelque maladie squameuse et dégoûtante. Seul un eczéma purulent pouvait justifier de se tremper deux fois le même mois. On espéra que cela n'était pas contagieux.

Voltaire loua les outils d'un colporteur très étonné de se voir payer sa journée sans travailler. L'homme réclama une garantie pour sa baignoire, qui était de première qualité. On lui supposa une valeur exorbitante, puisqu'il refusa de prendre en dépôt un manuscrit de la main du maître, réputé inestimable. Il ne voulut pas non plus l'un des « Titien » que Voltaire chinait chez les brocanteurs : quelle que fût l'attribution, jamais une bonne cuve en bois cerclé de fer ne vaudrait à ses yeux un portrait goudronné où l'on discernait un bout de fesse dans de la verdure. Il choisit de son propre chef une potiche en céramique, et, comme il était impensable de le laisser partir avec les trésors de la maison, on l'installa au premier, chez les Dumoulin, sous la garde du logeur, qui jamais n'avait laissé échapper un butin ni de l'œil ni des griffes.

Le moyen de ce commerce ambulant était entassé sur une mauvaise carriole tirée par un âne. Maître Voltaire, loueur de bains, avait maintenant besoin d'un valet pour mener l'âne et déplacer la cuve – on n'allait pas risquer de se donner un tour de reins qui eût compromis l'avenir de la pensée rationnelle.

L'idée de cette reconversion, même provisoire, ne séduisit guère Linant. Il n'était pas adepte de l'effort inutile, surtout s'il pouvait l'éviter. Hélas, l'excellent Lefèvre était accaparé par ses travaux de copiste – il semblait s'être donné pour but de répandre ces œuvres au-delà des terres habitées. Ce fut donc Linant.

Les deux baigneurs d'occasion quittèrent la rue de Longpont sans voir qu'on agitait, par la fenêtre, un mouchoir blanc, et qu'un guetteur embusqué dans l'ombre, contre le mur d'en face, leur emboîtait le pas.

Ils se promenèrent assez longuement dans le quartier de la rue Neuve-des-Petits-Champs. Sans doute s'y baignait-on peu, ou bien l'heure n'était-elle pas favorable. C'était en tout cas celle où l'âne avait un petit creux, il fallait sans cesse l'empêcher de voler aux étals des marchands de légumes. L'animal comprit très vite que ses nouveaux patrons manquaient de nerf pour lui bâtonner les cuisses. Le trajet leur coûta plus cher en choux blancs, rouges, frisés, de Bruxelles, qu'ils n'eussent gagné en bains si les riverains eussent été plus soigneux de leur personne.

Enfin, un manchot les héla depuis une porte cochère. Il les fit entrer, maître baigneur, âne et valet, dans la cour d'un bel hôtel qui avait eu des jours meilleurs. La porte s'ornait d'une tête de gorgone en bronze, toute hurlante, chevelure serpentine au vent.

Outre son bras invalide, l'intendant portait une pièce de cuir sur l'une de ses orbites. Tout un côté de son visage gardait la marque d'anciennes brûlures dont il avait eu de la chance de réchapper. Son flanc inerte l'empêchait d'installer ou de remplir une baignoire. Voltaire disposait heureusement pour cela d'un Linant en bon état, quoique pourvu de deux mains gauches. Il s'adressa à l'œil en peau de mouton pour parler affaire. Le bain n'était pas cher, on faisait des prix aux habitants de la rue Neuve-des-Petits-Champs dotés d'une mine patibulaire.

Le balafré les conduisit à la pièce prévue pour ces ablutions. En son temps, avec sa belle rampe en fer forgé et ses fausses mosaïques, l'entrée avait dû être l'une des plus courues du faubourg. Dans l'escalier de marbre, les murs sang-de-bœuf étaient semés de plaques blanches plâtreuses. Les marches étaient poussiéreuses comme dans une bâtisse promise à la démolition. Les ombres d'un jour sur le déclin accentuaient l'effet de monde finissant.

À force d'infiltrations humides, le boudoir de toilette n'était plus d'aucune teinte, il hésitait entre le bleu, le jaune, le vert, pour finir dans le blanc là où l'enduit s'était détaché.

Linant fit des allers et retours entre l'étage et la cuisine pour acheminer l'eau chaude. Voltaire disposa un à un les savons, avec le soin et la précision d'un homme qui ne vend pas des bains pour vivre. Il ne faisait que surveiller l'intendant, qui ne faisait que surveiller l'assistant maladroit. Ce dernier paraissait découvrir le métier, il renversait son liquide sur les sols malpropres. Le balafré lui fit reproche de sa maladresse avec le dédain du borgne envers l'idiot, si bien que le porteur fut sur le point de tout envoyer promener.

– Pardonnez-lui, monsieur, dit son patron, c'est un apprenti que j'ai pris parce qu'il mourait de faim sous les ponts. Au reste, c'est un brave garçon, c'est pourquoi je le nourris. Trois fois par jour.

Comme Linant redoublait d'efforts pour préparer un bain convenable, une voix féminine appela depuis une autre pièce. Le critique en eaux savonneuses leur fit déployer un paravent autour de la baignoire et les envoya patienter dans les communs : il se chargerait d'aider madame.

Ces communs étaient eux aussi en proie à la saleté et à la confusion. Les placards contenaient toutefois de quoi manger ; Linant se dédommagea de ses peines. Voltaire, qui avait déjà du mal à digérer ce qu'il consommait dans les maisons bien tenues, s'en fut fouiner au hasard des salons, sur la pointe de ses souliers.

Tout était délabré, mais avec faste. L'hôtel portait haut le deuil de sa grandeur. C'étaient partout des tentures déchirées, mais de prix ; des plafonds lépreux, mais élevés ; des peintures fanées, mais semées de délicats entrelacs floraux ; des candélabres cassés, mais de vermeil, non en fer-blanc, on n'eût point voulu d'un candélabre cassé qui ne fût en argent plaqué d'or.

Il y avait, au fond de ce manoir des Carpates, une chambre où Voltaire n'eût pas couché pour tout l'or des Amériques, aux cloisons complètement décrépies, aux poutres à nu, quoiqu'elle fût meublée d'un très beau lit en boiserie dorée dont les draps étaient en bataille. Un chandelier reposait sur un fauteuil qui tenait lieu de table de chevet, l'originale ayant sombré dans le naufrage.

On avait mis du linge à sécher sur deux fils qui traversaient le salon par-dessus les bergères défoncées, ce qui montrait qu'à l'indigence on joignait l'incurie. Ici le parquet était propre et ciré, il tranchait avec le reste. Un grand lustre noir à pendeloques de cristal faisait comme une immense chauve-souris suspendue la tête en bas.

L'intrus glissa un œil dans le boudoir pour voir si la maîtresse était aussi délabrée que son décor. Il lui parut qu'elle l'était plus encore, vu qu'elle était morte. C'était un cadavre qui trempait dans la baignoire. L'écrivain n'eut que le temps de se glisser derrière une porte lorsque le borgne vint tirer la dépouille de sa cuve pour l'emmener à l'aide d'un harnais, moitié portant, moitié tirant, les jambes traînant sur le parquet.

Il y avait, dans la pièce contiguë, une longue table où il allongea le corps pour que s'y perpétrât une cérémonie d'épouvante. Une dame enveloppée d'une blouse de la tête aux pieds s'attaqua à la baigneuse avec un trépan et toute une série d'instruments de torture. Elle pratiqua une amputation à lambeaux, détacha les articulations, mit à jour certains muscles et ôta divers organes qui composent l'appareil humain. Le manchot guidait ses gestes :

– Voilà, c'est la taille latéralisée, comme vous l'avez vu faire à l'École de chirurgie.

Sur les chaises s'entassaient les traités de Lapeyronie, Quesnay, Morand, Pibrac, Lassus, Bienaise et Roberdeau.

Voltaire avisa le portrait d'un homme en armure auquel on avait ajouté un blason – trois étoiles bleues avec autant de quartiers de lune dorés sur fond rouge –, et le nom de Coigny. La comtesse de Coigny – ce devait être elle qui découpait à ce moment son invitée sur la table de réception – ne pouvait être confondue avec n'importe quel boucher pris de délire. Au royaume de France, un vieux nom avait plus de valeur qu'un patronyme tout neuf, fût-il inscrit en lettres d'or sur la couverture de livres appelés à faire date. Les Coigny servaient le roi depuis des siècles, il faudrait encore composer bien des lettres philosophiques pour égaler le poids de l'histoire.

De temps à autre, le barbier crépusculaire venait jeter dans la cuve les morceaux dont on n'avait plus l'usage. Voltaire lui était invisible, d'abord à cause du paravent, ensuite parce que, pétrifié par l'horreur, il fût passé pour l'une des statues qui ornaient la maison.

Venu voir si l'on avait besoin d'eau chaude, Linant blêmit devant les bouts de chair et d'os qui traînaient dans sa baignoire, cœur, foie et main coupée.

– Il s'est commis ici un massacre, chuchota-t-il. Nous devons alerter le lieutenant général !

– Oh là ! dit Voltaire. Ne dérangeons pas Hérault pour si peu ! Il est tout petit, ce massacre.

Il lui expliqua qu'ils avaient sous les yeux le rebut d'une dissection méthodique. C'était un peu fort dévoiler les mystères de la machine humaine pour l'abbé.

– Je ne me sens pas dans mon assiette.

– C'est parce que ce n'est pas votre tasse de thé, dit Voltaire.

Élément central de ces travaux, la vaste bassine servait à nettoyer les corps avant le découpage ; on y stockait ensuite tout ce qui eût risqué de répandre du sang à travers les salons.

– Dans mon enfance, dit Linant, les sorcières se contentaient de concocter des philtres maléfiques, entre leur balai et leur chat noir.

Aujourd'hui, elles pratiquaient des autopsies avec l'aide d'un chirurgien diplômé.

De retour en bas, Voltaire fit quelques pas dans la cour pour s'aérer les bronches. Il aperçut, dans la remise, un carrosse qui avait dû être fort beau, mais qu'on avait repeint de noir.

La fête macabre finie, l'assistant de la comtesse les prévint qu'ils pouvaient reprendre leur matériel. Il doubla leur dû pour leur faire oublier la couleur de l'eau, sans parler des petits morceaux qui pouvaient s'y être égarés.

Voltaire engagea la discussion tandis que Linant nettoyait tout cela. Le balafré était un ancien infirmier militaire dont un boulet avait estropié la main gauche, ce qui l'avait mis hors d'état d'exercer.

– Vous êtes gaucher, supposa Voltaire.

Il ne l'était pas. Le vrai problème tenait plutôt à son goût de l'alcool, qui faisait trembler sa main valide. Tout juste était-il bon à guider une comtesse folle qui dépeçait les gens comme on prépare un poulet. Devinant qu'il avait eu devant lui le cocher qui trafiquait du cadavre à l'Hôtel-Dieu, l'écrivain partit rassuré. Il avait craint de tomber sur un monstre et n'avait trouvé qu'une honnête démente qui convoyait dans sa voiture les transfuges des cimetières.

Après leur départ, Mme de Coigny trouva, sur une commode, un vieil orteil que l'écrivain avait cru devoir lui restituer.

– Nous avons encore semé un bout de notre volontaire, dit-elle à l'intendant.

Le balafré contempla le doigt de pied moisi pourvu d'un ongle peint. Il fut d'autant plus perplexe que leur dernière convive ne portait aucun vernis.

À peine sorti de chez la comtesse, Voltaire reçut dans la figure une grande giclée d'eau bénite et glacée. L'abominable Krakenberg agitait sous son nez l'une de ses statuettes miraculeuses, le petit gros tenant à sa disposition un sac garni de fioles avec lesquelles asperger les philosophes de passage. L'écrivain ne pouvait compter que sur Linant, réfugié derrière sa charrette ; les forces étaient inégales.

Tandis que le maître baigneur épongeait son manteau trempé avec un large mouchoir de batiste, une pluie d'accusations succéda à l'eau bénite : que faisait l'« histrion » chez cette diablesse ? Quel pacte avait-il lié avec la démone mangeuse de chair humaine ? Qu'avait-il appris sur l'affaire du saint homme assassiné ?

Voltaire haussa le sourcil. Cette inquisition sentait son séminaire. Il était victime d'une entourloupe de vicaire. Nul doute que son commanditaire s'était mis en tête de jouer sur les deux tableaux : après la philosophie, il avait engagé la superstition. Ayant eu Lucifer, il lui fallait Méphisto. Aucun hérétique ne lui avait semblé superflu pour contrer les méfaits sataniques fatals à sa tranquillité. On ne pouvait se fier aux plus belles institutions de la chrétienté. Voltaire en fut très désappointé.

Le miracle du passeport à écarter les fâcheux s'expliquait. Le papier que le démonographe exhibait à tout propos pour se tirer d'ennui était un sauf-conduit que le père Pollet lui avait obtenu du cardinal ministre. Voltaire en fut mortifié. Pourquoi n'en avait-il pas un, lui aussi ? Pourquoi continuait-on de le menacer de la Bastille ? Qu'avait-il de moins qu'un hurluberlu, la croix au poing, des médailles plein les poches ?

– Sans-Dieu ! Queue-de-poil ! Viande à bûcher ! lui lança le nécromancien.

À court de vocabulaire français, il poursuivit dans un patois bas allemand incompréhensible à quiconque n'était pas de Westphalie. Voltaire s'interrogea sur la signification de « queue-de-poil ». Ces confrontations avec des fous étrangers étaient pleines d'intérêt culturel.

Ils étaient sur le point d'échanger des claques quand un soldat du guet approcha pour demander à ces messieurs s'ils avaient un différend. Ils lui assurèrent que non et se donnèrent l'accolade fraternelle de ceux qui aiment mieux embrasser un étron que s'expliquer au Châtelet.

– C'est une coutume de paysans westphaliens, expliqua Voltaire. Quand on ne s'est pas vus depuis longtemps, on se salue avec des gifles de courtoisie.

Il en donna d'ailleurs une à Craquembert, en manière de démonstration. Il y avait mis tant d'amitié que l'exorciste se tint la joue.

– Ja, ja ! dit ce dernier. Il y a le coup de pied au derrière, aussi, quand on s'aime vraiment bien !

– Mais nous ne sommes pas intimes à ce point, dit Voltaire en reculant d'un pas. Bientôt, peut-être, qui sait ?

Le garde s'éloigna, à demi rassuré : ce n'était pas une rixe, c'étaient deux insensés. On les importait des contrées germaniques, à présent, comme si la France n'en possédait pas en suffisance.

Le seul sujet sur lequel l'un et l'autre s'accordaient, c'était de ne pas éveiller l'intérêt de René Hérault, qui eût entravé leurs efforts. On s'entendit sur le principe d'une paix armée.

– Quelque chose me chiffonne, dans ces crimes, dit Krakenberg. Ils sont trop propres. Il faut que le diable se livre sur sa victime à des actes odieux, qu'il la souille avec bestialité, qu'il en boive le sang, qu'il en mange le cœur !

– Ah, oui, s'il leur mangeait le cœur, bien sûr, admit gravement Voltaire.

Hormis les signes maléfiques qu'il semait sur son passage, ce démon-ci se conduisait comme un assassin ordinaire. C'était très décevant. Or, Augustus Krakenberg ne s'attendait pas à être déçu par le démon.

Voltaire lui répondit ce que pouvait la philosophie face à l'obscurité d'esprit la plus impénétrable.

Il reconnut que le diable avait beaucoup baissé depuis le foisonnement d'imagination dont il avait fait preuve dans les tentations de saint Antoine.

Ayant partagé tout ce qu'ils pouvaient de logique, il était temps pour chacun de regagner sa chacunière. Voltaire reprit son âne, sa cuve et son Linant, Krakenberg s'éloigna avec son petit gros, se retournant sans cesse pour adresser à son concurrent des regards pleins de rage.

– Eh bien ! dit Voltaire, si les Prussiens sont ainsi, je ne suis pas près d'aller à Berlin !

Linant menait l'animal par la bride en songeant qu'il payait fort cher, quant à lui, le peu dont on le nourrissait – et ses pensées s'échappèrent vers le souper à venir, si bien qu'elles rejoignirent celles du quadrupède.

Voltaire était bien convaincu d'avoir la prééminence sur l'affreux Craquembert, en dépit du laissez-passer honteusement accordé. Il disposait d'un avantage sur les religieux, les mystiques et les illuminés :

– Tout dogme est un mensonge. Il faut chercher toujours, c'est la seule vérité impérissable.

Il lui tardait de noter cette idée dans un addendum aux *Lettres philosophiques*. Il pria l'ânier de hâter sa mule.

CHAPITRE DIX-SEPTIÈME

Comment Voltaire inventa la tragédie patriotique en collants.

Le lendemain, premier jour des répétitions en costumes, la somptueuse Mlle Gaussin était suivie d'un nouveau soupirant serviable et empressé.

– Ce petit chien ne sera-t-il jamais fatigué de ne pas marcher sur ses pattes ? dit Voltaire.

– Oh, monsieur, répondit l'actrice, je fais un si grand plaisir à tant de gens !

C'était la madone des théâtres. À l'en croire, elle avait trop de générosité pour ne point partager ses grâces entre tous les jeunes hommes fortunés de Paris. Et c'était à cette femme qu'il donnait à interpréter son Adélaïde, une héroïne qui brandissait sa pudeur comme un étendard ! Il espéra que l'illusion théâtrale était une magie sans limites.

Pour ce qui était des ajustements, autant de surprises l'attendaient que pour la diction et la gestuelle. Il vit paraître des chevaliers et gentes dames sur lesquels il y avait encore beaucoup à réformer pour fonder la tragédie médiévale patriotique. Ils s'étaient coiffés de perruques volumineuses, empanachées de plumes et de rubans dont l'édifice tremblotant menaçait ruine. Les épreuves auxquelles les héroïnes venaient d'échapper – Adélaïde et sa suivante avaient quand même failli être déshonorées en pleine rue – n'avaient pas occasionné le moindre pli à leur toilette. Dans leurs vastes paniers à traînes, elles trébuchaient à chaque pas. Or ces habits avaient été commandés spécialement.

– Spécialement pour vous faire admirer, spécialement pour jouer n'importe quel rôle, ou spécialement pour me contrister ? demanda l'auteur. Parce que si c'est spécialement pour incarner des personnages du Moyen Âge, c'est raté.

Mlle Jouvenot protesta : le duc du moment la trouvait très à son avantage dans ce calicot surpiqué d'un motif de roses entrelacées. Quant à la Gaussin, il fallait bien qu'elle arborât les perles et diamants dont la couvraient ses admirateurs. Deux comtes et trois marquis désiraient admirer sur sa peau couleur de pêche les rivières, boucles et bracelets dont le coût excédait trente années de salaire d'un de leurs laquais. Elle ne pouvait s'en dispenser, c'était une question de savoir-vivre.

Voltaire laissa de côté leur divergence d'opinions sur la définition du savoir-vivre. Il s'intéressait au savoir-jouer, et notamment au savoir-jouer les pièces de Voltaire. Après l'invraisemblance du phrasé et de la pantomime, on lui infligeait le ridicule de vêtements qu'il fallait remiser en attendant le carnaval. Jamais il ne s'était représenté ses héros en habits de cour, perruqués et poudrés. Ses chevaliers occupaient leurs mains avec de longues cannes à la mode de 1733, les dames avec un éventail japonais. Sans parler des fameux tricornes, qu'il avait défendus, et dont il prit l'apparition pour un défi. Ils y avaient ajouté des plumets d'une hauteur démesurée qui menaçaient de s'enflammer au contact des lustres.

Quinault portait une armure noir et or, une cape rouge doublée d'hermine, une écharpe léopard à franges passée en travers de la poitrine, avec une culotte assortie et des bottes qui montaient au genou. Bref, c'était le maréchal de Turenne au petit lever de Louis XIV.

Grandval et Legrand fils affirmèrent que ces seigneurs de jadis se paraient des étoffes les plus précieuses : aussi avaient-ils pris ce qu'on trouvait de mieux cet hiver en guise de velours rehaussé d'écaille dorées. Grandval avait fait ajouter deux poches brodées, l'une pour son mouchoir, l'autre pour sa tabatière. Voltaire lui fit un rappel d'histoire :

– On n'avait point de tabatière, en 1387, pour la raison qu'on n'avait point encore découvert les Amériques.

L'acteur lui opposa que ce chef-d'œuvre de couture lui avait coûté cinquante-trois louis.

– Jetez-le aux ordures ! répondit Voltaire. Si vous jouez ainsi mes chevaliers, que ferez-vous quand je vous offrirai des Mahométans ou des Chinois ?

– Vous allez nous faire jouer des Chinois ?

On ne pouvait lui promettre de se faire brider les yeux.

Voltaire claqua dans ses mains.

– Entrez, messieurs !

Il avait donné rendez-vous à un bataillon de tailleurs. Ceux-ci entreprirent de rhabiller la troupe de pied en cap. Ils avaient apporté tout ce que l'auteur avait pu trouver pour faire « médiéval » chez ses amis et chez les antiquaires du Pont-Neuf. Quinault souleva l'épée qu'il était censé brandir sur la tête de Nemours. Elle pesait son poids de fer forgé. C'était un dépôt du prince de Guise, qui faisait volontiers remonter sa noblesse à Vercingétorix, bien que certains héraldistes fussent d'un avis plus réservé. Monseigneur la présentait comme celle de son ancêtre Enguerrand le Velu, qui l'avait trempée dans le sang des Sarrazins lors des croisades.

– Elle paraît avoir été fondue hier, remarqua Quinault.

– La gloire, ça ne vieillit pas, dit Voltaire.

Il égrena ses directives au couturier en chef.

– Je vois, dit celui-ci, la bouche pincée. Monsieur voudrait du vieux qui eût l'air neuf.

L'artisan venait de résumer la production théâtrale de son client.

On leur coupa des justaucorps, des basques petites et carrées, des manches étroites avec des boules de taffetas aux épaules. On leur noua au cou une cravate de dentelle avec un nœud sous le menton. On leur posa sur l'épaule gauche un mantelet d'où dépassait, à la hanche, la garde d'une épée. Leurs cheveux longs et flottants furent liés sur la nuque par une rosette. Le chapeau fut conique, sans rebord, avec une plume d'autruche sur le côté. La culotte collait à la cuisse et leur moulait les fesses. Sur le devant, on avait reproduit un braquemart, ornement très renflé, garni de petits boutons, de perles ou de diamants.

– Si je porte ceci pour la première, dit Grandval, nous finirons la soirée à For-l'Évêque.

L'accessoire fut écarté.

Le thème médiéval les dépaysait, leurs habitudes étaient bouleversées.

– Ces collants, ce n'est pas gracieux, dit Quinault.

Cela plissait ici et là.

– Vous ne vous tenez pas droit, déclara l'auteur. Il faut de la droiture pour jouer du Voltaire.

De l'avis de Quinault, il fallait surtout de la patience. Porter des bas plissés était tout un art ; ils en avaient le maître sous les yeux.

– Je ne suis pas devenue sociétaire pour m'habiller comme ma marchande de saisons ! protesta Mlle Jouvenot.

– Amenez-moi votre marchande de saisons, elle a le rôle ! répondit l'auteur.

Il ne craignait pas de s'attirer des reproches en les faisant monter sur scène maculés de sang, les cheveux en désordre.

– Pour être applaudi, mieux vaut frapper fort que frapper juste ! proclama-t-il.

On estima qu'il frappait comme un sourd.

Il faisait dans la salle les mouvements qu'il souhaitait leur voir reproduire. Quinault fut prié d'écarter les bras pour mettre en valeur des manches qui avaient coûté si cher.

Ah, destin trop contraire !
Se pourrait-il qu'un frère, élevé dans mon sein,
Pour mieux servir son roi, levât sur moi sa main ?

L'acteur s'interrompit pour demander si l'auteur était bien sûr qu'on élevât les frères dans des seins.

– Je ne comprends pas, dit le dramaturge. Dans ma *Zaïre*, vous étiez entré sans peine dans votre rôle d'Orosmane.

– Vous m'aviez passé la figure au cirage.

Là, il était empêtré dans une cape censée lui donner l'allure moyenâgeuse. Voltaire décida que sa prochaine tragédie se déroulerait en Afrique et nota d'acheter tout de suite le cirage.

Il y eut un incident. Certaines répliques de Mlle Jouvenot étaient grotesques. Un plaisantin avait remplacé une page de son texte par une parodie.

– Avez-vous pu croire que j'avais mis « la digue dondon » dans la bouche de mon héroïne ? s'offusqua le versificateur.

– Oh, quand je discute, vous me grondez...

Elle avait pensé qu'il s'agissait encore d'un de ces changements dont il les bombardait. Il fut impossible de découvrir l'identité du mauvais sujet. Voltaire regretta que le pilori fût réservé aux philosophes et le bûcher à leurs écrits.

On allait reprendre la répétition quand l'habituel trublion entra dans la salle pour crier au scandale :

– On nous assassine ! On nous bafoue !

Une impudente avait réuni une troupe enfantine qu'elle avait nommée « Les Petits Comédiens-Français ». Elle leur faisait interpréter, à la foire, des pièces du répertoire en abrégé.

– Qu'on ferme son théâtre ! s'écrièrent les sociétaires. Qu'on le brûle ! La directrice à la Salpêtrière[1] !

Ils se hâtèrent d'ôter leurs collants pour se rendre là-bas en formation groupée. Cette fois, l'expédition punitive se faisait aux dépens de Voltaire : les costumes n'étaient pas terminés et les tailleurs se réglaient à la journée. Il suivit le mouvement avec l'espoir qu'on reprendrait les essayages une fois le stand réduit en cendres et la directrice fessée.

1. La prison des voleuses et des prostituées.

CHAPITRE DIX-HUITIÈME

Où il est confirmé que les philosophes aiment mieux l'ordre que la foire.

Située entre Saint-Germain-des-Prés et Saint-Sulpice, la foire était un vaste enclos dont les constructions aux toits rouges, entourées d'une galerie couverte, étaient louées par des marchands, des bateleurs et des cafetiers. C'était, depuis le Moyen Âge, un lieu d'échanges et d'agrément où les chansonniers jouissaient d'une certaine licence.

Les actrices y furent comme des gamines, sautant d'un pavillon à l'autre pour s'extasier devant les colifichets et les sucreries. Le Théâtre-Français acceptait mal de voir ses membres s'aventurer dans ces lieux de perdition ; le prétexte tombait à point nommé pour s'amuser un peu.

Elles ne savaient où donner de la tête, entre les pommes au sucre, les quartiers d'orange glacés, les bâtons de caramel aux noisettes, la poire saint-germain rousse, à la chair beurrée et fondante, au jus acidulé, les groseilles confites, les pistaches grillées, les biscuits de Portugal fourrés au massepain… Voltaire les surveillait avec inquiétude : elles n'allaient plus entrer dans leurs coûteux corsets.

– Allons saluer le grand Yoyo ! dit Mlle Gaussin en désignant un pantin de bois et de chiffon haut comme deux étages, animé par un système de poulies.

Le beau Grandval leur donna le bras, Quinault suivit en traînant les pieds.

– Du moment que Yoyo ne récite pas du Corneille, ça me va.

Quinault ne traînait pas tant les pieds que Voltaire qui, avec ses tailleurs loués à l'heure, avait l'impression de payer les lampions de la fête.

On distribuait des affichettes qui annonçaient des farces.

– Comment, des farces ? dit Quinault. C'est nous qui jouons les farces ! Lisez donc ! « Spectacle d'illusions, blablabla, de voltige, blablabla, et une farce » !

– Quelle honte ! dit Mlle Jouvenot.

– Sus au farceur ! clama Grandval.

Ils envoyèrent quérir l'huissier le plus proche et bifurquèrent vers la farce. C'était une meute qui lâchait un renard pour un sanglier.

Un balcon servait de scène au lieu du crime. Les interprètes annoncèrent une parodie d'une pièce sérieuse dont le personnage principal changerait douze fois de costume.

– C'est du transformisme, railla Quinault.

On voyait bien que ces apprentis-farceurs n'avaient pas à éponger les dettes de la construction de leur salle, ni à payer des frais de toutes sortes, ni à rémunérer des auteurs capricieux. Comme ces audacieux ne jouissaient pas non plus de la protection des pairs de France, on allait leur montrer ce qu'il en coûtait d'offenser les tenants du grand art.

Voltaire nota que d'aucuns osaient se plaindre des costumes alors qu'ils n'en avaient qu'un seul à porter de toute la pièce.

La farce était dans le goût médiéval, avec heaumes pour les hommes et longs hennins en cornet pour les femmes. Aux premières répliques, Voltaire reconnut ce même texte que lui avait infligé Mlle Jouvenot par accident, une heure plus tôt. C'était à une satire de son *Adélaïde du Guesclin* qu'il assistait. Ici, ses héroïnes maniaient le gourdin pour tenir à distance messieurs les chevaliers, qui se livraient à des mimiques d'une grossièreté ahurissante. Ses plus beaux vers étaient noyés dans ce potage. Quelqu'un avait vendu son manuscrit à ces crapules, c'était une honte.

Il eut la douleur de constater que ses compagnons ne partageaient pas sa juste colère. Ceux-ci riaient aux larmes. L'action avait été ramenée à une vingtaine de minutes, et force était d'admettre que tout y était. Voltaire fit le tour de la baraque, sa canne à la main, pour féliciter le directeur, mais ce dernier, Louis Lécluze, entrepreneur de spectacles et prothésiste dentaire, s'était éclipsé. Au reste, il ne craignait que la colère des auteurs, ayant reçu du lieutenant général l'autorisation de donner des pièces « dans le genre poissard » à condition qu'on ne pût les confondre avec le répertoire des sociétaires.

– Alors, cet huissier ? demanda Voltaire, qui ne cessait de regarder si l'avoué arrivait pour exécuter le constat, la fermeture légale et la bastonnade des délinquants.

Grandval eut un mot qui laissait peu d'espoir.

– Allons, cher ami, les gens ont besoin de rire. Quand ils rient, ils ne pensent pas au prix du pain. N'est-ce pas pour cela que vos écrits sont tolérés ?

Voltaire ne riait pas du tout. Il pensait lui aussi au prix du pain, ce pain qu'on lui ôtait de la bouche. Il nota que ces augustes héritiers de Molière ne se cramponnaient plus tant à leurs principes quand c'était lui le dindon de la farce poissarde.

– Finalement, dit Quinault, elle est très bien, cette amusette. Montrons-nous tolérants. Je crois qu'un excellent auteur a prôné cela.

L'excellent auteur eut envie de lui faire avaler l'affichette avec du jus de pomme saint-germain.

Comment une pièce non encore jouée circulait-elle déjà sous le manteau ? Il ne pouvait soupçonner ses interprètes : aucun n'eût risqué la radiation pour si peu. Il y avait là un mystère plus ténébreux que l'assassinat d'un théologien dans une église.

Ils passèrent enfin au pavillon délictueux. Une pancarte annonçait une représentation des « Petits Comédiens-Français ». Les peintures montraient des enfants vêtus de costumes copiés sur ceux de *Cinna* et du *Cid.*

– C'est charmant, dit une dame dans la foule.

Le côté charmant échappait aux sociétaires. Ils étaient propriétaires du droit de représenter les tragédies, du privilège de jouer en français, autant dire que l'air qui se respirait entre ces planches était à eux.

À l'intérieur, des gamins massacraient *Zaïre*, le grand succès de l'an passé. Vêtus de petites robes à panier et de petits pourpoints, ils multipliaient les baisemains et les courbettes comme les adultes.

– Quel succès vous avez chez les hâbleurs et les gredins, fit remarquer Quinault.

– N'est-ce pas ? dit Voltaire.

Le deuxième hallebardier, dans le fond, lui rappelait quelqu'un. À force de plisser les yeux, il crut reconnaître l'orphelin croisé chez la jupière. La dame qui faisait passer le chapeau devait être cette « commerçante honorablement connue » à qui les institutions charitables de Paris cédaient leurs protégés.

Quand ils en eurent assez vu, les sociétaires poussèrent des exclamations, battirent des pieds sur le plancher, firent tout ce qu'ils désapprouvaient que l'on fît chez eux, si bien qu'il fallut arrêter le spectacle. Effrayés, les jeunes gens se réfugièrent en coulisses tandis que la directrice menaçait d'envoyer quérir la force. Ce fut l'huissier qui arriva, un cahier à la main, suivi d'un juge de paix.

MM. Quinault et Grandval expliquèrent le motif de leur déplaisir, à quoi la directrice répliqua en leur reprochant d'affamer l'enfance malheureuse. Ils la traitèrent de maquerelle, elle poussa des cris de hibou, le débat atteignit des sommets de subtilité rhétorique, tout sombra dans l'injure et l'anarchie.

C'était de ces ambiances propices aux bonnes enquêtes. Voltaire s'en fut explorer l'envers du décor. Les enfants apeurés se serraient les uns contre les autres, convaincus que les ennuis de « madame » venaient du fait qu'ils avaient mal joué. Ayant identifié son hallebardier, Voltaire lui recommanda de l'attendre sans bouger.

Il avait eu l'œil attiré par les costumes, qui étaient somptueux. Cet ensemble de déguisements coupés dans de vieilles robes devait représenter l'essentiel du fonds de commerce. Les costumes des garçons venaient d'uniformes des gardes, dont, de près, on reconnaissait les boutons argentés frappés aux armes des régiments. Les redingotes blanches à rabats rouges étaient devenues des travestis pour jouer *Britannicus*. Il lui sembla reconnaître, sur les coffres, une robe vue sur le dos de certaine couturière, à l'hôtel de Transylvanie, puis à la morgue.

La directrice surgit à son tour, accrochée aux basques de l'huissier et du juge de paix, qui entendaient répertorier ses biens pour évaluer son aptitude à payer des amendes. Voltaire lui demanda si elle n'avait pas, entre ses fournisseurs, un gardien du Châtelet qui cédait à vil prix les effets non réclamés.

« En quoi cela vous regarde-t-il » lui parut un acquiescement. N'écoutant que sa détermination, il souleva la robe de la dame, qui poussa de petits cris.

– Monsieur ! Mais monsieur ! Enfin, monsieur !

– Oui, je sais, je devrais d'abord vous inviter à boire un chocolat, mais je n'ai pas le temps.

Les sociétaires ne leur prêtaient aucune attention, ils faisaient le tour du petit théâtre avec la chiourme. Cela changeait l'huissier de l'avaleur de sabres chez qui on l'avait traîné la semaine précédente, un saltimbanque qui osait réciter du La Fontaine entre deux ingestions de lames.

Voltaire palpa, sous le satin, un jupon d'excellente facture qu'il avait déjà tripoté sur une personne moins en état de se défendre.

– Cela vient du Châtelet, n'est-ce pas ? dit-il en tirant sur l'objet de sa convoitise.

– Au satyre ! cria la dame, dans la complète indifférence des forces de l'ordre, occupées à compter ses malles.

– Taisez-vous, malheureuse ! dit le cochon. Je vous sauve ! Combien pour ce jupon ?

Ce fut le jupon le plus cher de l'année. La directrice ne se laissa sauver qu'au prix d'un écu, somme que l'écrivain lui versa avec une grimace. Elle allait avoir des frais, il n'était pas temps de refuser les liquidités qui se présentaient. Aussi dénoua-t-elle les rubans qui retenaient le sous-vêtement, lequel glissa au sol. Elle le ramassa, le plia, le déposa entre les mains du voyeur à la vieille perruque ébouriffée, et rangea sa précieuse monnaie en songeant qu'il y avait des fous partout, et même des fous cousus d'or.

Voltaire reporta son attention sur le gamin, dont il avait dû abandonner momentanément la surveillance pour se consacrer à la chasse aux fanfreluches. Cet enfant avait une nature à le contrarier : il n'était plus nulle part. Pendant que l'écrivain récupérait l'un, l'autre s'était laissé escamoter.

Il retourna voir l'esclavagiste, occupée à disputer ses rubans aux vautours lâchés sur son commerce. Lorsqu'il eut attiré son attention à l'aide d'une pièce de bon argent, elle lui révéla que le gamin avait été retenu pour une représentation privée. L'organisateur de ces séances était, lui aussi, un personnage très honorablement connu, elle lui avait déjà prêté à plusieurs reprises divers bambins qui lui avaient été rendus en bon état. Elle les faisait d'ailleurs accompagner de son homme à tout faire, qui les ramenait.

L'enfant et son cornac venaient de partir, Voltaire les aperçut à trois baraques de là et leur emboîta le pas, son jupon sous le bras. Il fit au passage l'acquisition d'un bonnet de feutre qui lui permettrait de n'être pas reconnu, comme il convenait quand on se rendait en un lieu où l'on n'avait pas été convié.

CHAPITRE DIX-NEUVIÈME

Où l'on combat la superstition à l'aide d'un salsifis.

Les deux visiteurs se firent ouvrir la porte banale d'une maison banale. Voltaire se présenta derrière eux et y entra dans la foulée. On recevait les gens sans leur demander leur nom, cela sentait le genre de réunion réprouvé par M. Hérault. L'intérêt de l'écrivain s'en augmenta. Peut-être allait-on évoquer les moyens de s'enrichir par le commerce illicite avec les comptoirs étrangers, ou quelque plan de lutte contre l'obscurantisme.

L'homme qui avait ouvert prit un panier et demanda au nouveau venu de quoi il souffrait. Voltaire n'eut pas besoin de s'interroger pour répondre que c'était des intestins. On lui tendit un salsifis et on l'invita à passer dans un salon garni de chaises, où certaines personnes arboraient le même légume, d'autres une endive ou un topinambour.

Au terme d'une attente assez brève, l'entrée d'un long personnage drapé de noir, coiffé d'une perruque carrée à la teutonne, souleva des exclamations enthousiastes. Voltaire vit qu'il avait pénétré dans l'antre de Krakenberg, le malfaisant venu du froid. L'affluence lui permit de suivre la séance depuis le dernier rang sans se faire remarquer.

Il apparut que les patients étaient venus se faire exorciser. Selon le thaumaturge, les maladies étaient dues à des démons tapis au tréfonds de leurs entrailles. La Bible fourmillait d'anecdotes au sujet de personnes hantées par de mauvais esprits. Il prétendait les chasser par la prière et par un protocole compliqué qui échappait aux curés comme aux théologiens. Il pratiqua l'imposition des mains tout en invoquant les créatures maléfiques dont ces organes regorgeaient.

Tant de superstition stupéfia Voltaire. Bien que submergé de maux tout à fait tangibles, depuis l'estomac jusqu'au fondement, il ne comprenait pas qu'on accordât du crédit à ces sottises alors qu'il existait de bons remèdes, tels que le baume hypnotique à la moelle de cerf ou la crème purgative au cristal de tartre, dispensés par des docteurs de la Faculté qui rédigeaient leurs ordonnances en latin. Il fallait être bien assommé pour s'en remettre à un rebouteux quand on pouvait, chez tout bon apothicaire, se procurer une belle limaille de fer qui vous nettoyait les entrailles du haut jusques en bas, et vous laissait si plein de santé qu'il vous fallait garder le lit pendant deux jours pour vous remettre.

L'assistance regardait le praticien officier avec une attention passionnée. La personne assise à côté du porteur de salsifis lui assura sur un ton entendu que « Leurs Altesses » réclamaient parfois l'honneur d'assister à ces réunions.

– Agla ! On ! Tetragrammaton ! clamait Krakenberg. Sortez de ce corps que vous putréfiez ! Fuyez cette chair flasque ! Quittez cette carne mangée aux vers, je vous l'intime !

Voltaire vit que l'on payait ici pour se faire insulter. Sa résolution de s'en tenir à la médecine en latin se renforça. Il se demanda si l'exorciste usait du même langage avec « Leurs Altesses ». Les spectateurs se levaient tour à tour pour recevoir la thérapeutique du maître, qui appuyait ses paumes sur les parties indiquées par le salsifis, l'endive ou le topinambour. Voltaire quitta sa chaise en même temps qu'un autre volontaire et alla se rasseoir de l'autre côté, parmi les bienheureux que l'on venait de guérir, pour se faire oublier du mage et des naïfs qui l'écoutaient.

Le gros valet apporta une caisse remplie d'exemplaires d'un opuscule intitulé *Instructions utiles pour lutter contre le diable, par l'éminent docteur K. de Westphalie, bienfaiteur du genre humain*, dont on fit profiter l'humanité souffrante en échange d'une modeste contribution aux œuvres de charité du maître, fixée à trois livres tournois.

Pour récompenser l'admiration inconditionnelle de ses partisans, le bienfaiteur du genre humain annonça qu'il allait pratiquer un rite encore plus mystérieux, qui permettait de révéler « tous les faits cachés à la connaissance commune et invisibles au regard ». Voltaire songea qu'un tel don eût fort intéressé René Hérault pour en faire profiter sa lieutenance, ou pour enfermer l'indiscret dans un donjon. La divination miraculeuse nécessitait l'emploi d'un verre d'eau et d'un enfant, ce qui était incroyablement bon marché.

On fit entrer le petit orphelin, que l'on posta en direction du levant. Krakenberg lui fit répéter une formule que le gamin ne pouvait pas comprendre, ni l'assistance, pour le plus grand plaisir de celle-ci.

– *Abraxa per dominum nostrum !*

– Ces paroles permettent à un enfant de voir n'importe quoi à la surface de l'eau, murmura le voisin.

– Je ne crois pas que les enfants devraient voir n'importe quoi, répondit l'écrivain.

« Et c'est moi que l'on accuse d'être diabolique ! » songea-t-il.

– Je vois un homme cornu, dit le petit visionnaire. Il sort d'un nuage de fumée ! Il retourne aux Enfers dans un bruit de tonnerre !

L'assistance s'émut beaucoup. Krakenberg était fort satisfait de son bambin de location. Il lui demanda s'il voyait le démon qui semait la panique à travers Paris.

– Oui ! dit le jeune voyant. Il est ici ! Il porte un bonnet rond !

Le public s'affola. Voltaire aplatit aussitôt son couvre-chef et affecta l'expression la plus angélique. Il supposa que le garnement, à défaut d'avoir le don de double vue, avait la simple vue assez bonne pour l'apercevoir au fond de la salle.

– Où est-il ? demanda Krakenberg, qui scrutait la foule.

Le dénonciateur balaya le parterre de l'index. Son doigt tournait comme l'aiguille d'une boussole déréglée, chacun s'écartait quand cela pointait sur lui. Voltaire lâcha son salsifis, s'esquiva à quatre pattes derrière la dernière rangée de chaises et quitta l'assemblée, où l'on se dévisageait mutuellement avec suspicion.

L'exercice avait fatigué le petit médium. On lui laissa boire le verre d'eau plein de visions, après quoi il trépigna d'un pied sur l'autre, signe très peu ésotérique d'une envie de faire pipi. Une pause fut décrétée dans les prédictions, ce qui permit au public d'échanger des commentaires passionnés, et au thérapeute d'écouler quelques volumes supplémentaires.

Lorsque l'enfant sortit du petit coin, Voltaire surgit de derrière une tenture et lui déclara son intention de l'arracher à ce lieu de perdition où l'on était ennemi de la raison. La fuite supposait d'enjamber la fenêtre, chemin difficile, pour lequel le sauveur avait besoin d'un accord tacite : si habitué fût-il à se voir ballotter d'une personne à une autre, le gamin devait accepter de changer encore de protecteur. Le postulant au sauvetage philanthropique évoqua les bienfaits de la tolérance, l'amour de la vérité, la nécessité de fuir le séjour des imbéciles, des exploiteurs et des orphelinats douteux. L'enfant ne broncha pas.

– Je te donnerai des bonbons, promit enfin Voltaire.

Le garçonnet sauta aussitôt dehors. L'écrivain l'imita en se disant qu'il y avait là toute une éducation à refaire. Le pauvre innocent était comme les bêtes sauvages point encore éclairées par la pensée rationnelle : il écoutait son ventre plutôt que la voix de la sagesse. Que de travail pour éclairer l'humanité ! Peut-être eût-il fallu mettre ses livres en vente chez les confiseurs.

Ces théâtres de foire, ces illuminés bouteurs de démons, ce n'était pas un environnement pour la jeunesse. Il lui fallait de la tranquillité, de la stabilité, du bon sens, de la tempérance, et si on pouvait y adjoindre un peu de pragmatisme néoplatonicien, cela ne gâterait rien. Tout, dans la vie du penseur, répondait à ces critères. Dans un monde parfait, on l'eût supplié de s'occuper des orphelins.

Rue de Longpont, ils trouvèrent la marquise occupée à mesurer un angle à l'aide d'un compas, entre plusieurs chandeliers abondamment garnis.

Depuis que Voltaire n'était plus jamais chez lui, elle n'était plus jamais chez elle.

– Regardez ce que j'ai ramené ! déclara-t-il en poussant devant lui le rescapé.

Émilie accorda un bref regard au jeune visiteur et se pencha à nouveau sur ses travaux.

– Un enfant ! précisa Voltaire.

– Oui, je connais, j'en ai trois à la maison, vous savez.

Il sentit que l'on nourrissait des griefs à son endroit. Le protecteur de l'enfance en péril engagea son pupille à jouer avec ce qu'il voudrait et demanda à la marquise si elle avait passé une bonne journée.

Émilie lui répondit en anglais, comme chaque fois qu'elle voulait lui dire son fait sans être comprise des domestiques. S'ensuivit un échange d'aigres propos ; il la négligeait, elle se voyait contrainte de venir potasser sa géométrie chez lui si elle voulait le voir ; il répondit qu'au moins, elle économisait sur la chandelle. Elle lui fit observer qu'il n'avait pas perdu son temps non plus, puisqu'une catin lui avait offert sa culotte, à voir le trophée qu'il avait sous le bras ; il se défendit d'être allé courir la gueuse : ce n'était là que pièce à conviction, il avait bien avancé dans sa quête de la vérité.

À vrai dire, le vêtement n'avait rien de particulier, sinon qu'il était de belle facture et qu'il avait couvert tant de fessiers. Voltaire se flattait d'avoir sauvé la vie de la dresseuse d'enfants en le lui rachetant sans lésiner sur la dépense. Il était cependant difficile d'imaginer qu'on eût assassiné tous ces gens pour une pièce de soie dont on pouvait se procurer un équivalent dans nombre de boutiques, sans qu'il fût besoin de poignarder les vendeuses.

En tout cas, ils allaient devoir se tenir sur leurs gardes : ceux qui l'avaient eue en main, ou autre part, avaient mal terminé la journée. N'eût-il pas été prudent de l'envoyer sur-le-champ au vicaire de Saint-Nicolas ? Émilie se demanda ce que penserait le père Pollet en recevant l'article.

Ils se livrèrent à ces conjectures sans prêter attention au garçon, dont le jeu consistait à explorer toutes les possibilités du salon. Ayant escaladé le fauteuil préféré du maître, il le renversa. Dans sa chute, le bout ferré de sa chaussure déchira la tapisserie neuve. C'était bien fâcheux. Une étoffe si joliment assortie à la livrée des secrétaires ! Sous l'œil contristé du propriétaire, Émilie se pencha sur le meuble abîmé et tira sur l'échancrure pour l'élargir.

– C'est cela, aggravez les dégâts, les jansénistes pourront se tourner les pouces ! dit Voltaire.

La suite l'accabla plus encore. On avait tracé, sous le beau tissage canari, un pentagramme orné d'une tête de bouc, ce qui, sans doute, n'était pas une promesse de félicité à l'intention de qui s'asseyait là. Voltaire y vit un cadeau de l'abominable Craquembert. Comment cet évadé du huitième cercle avait-il eu accès à la maison ? Il médita aussitôt quelque malédiction philosophique par Euclide et par Épicure, à inscrire sous les tentures du Westphalien.

Venu demander si l'on mangerait bientôt, Linant vit l'enfant qui jouait avec les miniatures en porcelaine, des bibelots que nul n'avait le droit d'effleurer sous peine de perdre un doigt. Il les entrechoquait en faisant « boum ! boum ! » avec la bouche. L'abbé pâlit. Pire encore, le cher fauteuil du maître était abîmé, et le fauteur du saccage n'avait pas été réprimandé. Il sentit qu'il perdait l'appétit, signe annonciateur, chez lui, d'un coma imminent.

– Ah, Linant ! dit Voltaire. Nous avons un jeune pensionnaire de plus ! Vous pourrez lui apprendre du latin !

Son secrétaire poussa un cri comme s'il avait vu le fils du diable et s'enfuit sans dire bonjour ni au revoir, laissant l'écrivain ahuri. La marquise proposa une explication sans lever son compas du papier.

– Je crois qu'il venait se plaindre de ce Lefèvre, là, cet autre agrément que vous lui avez adjoint.

Voltaire décida d'attendre un peu pour annoncer au bon abbé qu'il allait devoir sacrifier l'un de ses matelas pour procurer un couchage à leur invité.

CHAPITRE VINGTIÈME

Où l'on voit une comtesse renoncer à la couture, mais non à la suture.

Linant, pour une fois, se leva tout seul au matin suivant. S'étant couché sans souper, il se présenta à Voltaire d'humeur très urticante. Il se plaignit amèrement des manœuvres du sieur Lefèvre, ce zélateur mielleux qui avait toujours un compliment aux lèvres pour se concilier les bonnes grâces de la maisonnée. L'amabilité de ce fourbe était aussi inacceptable que suspecte.

– Méfiez-vous de ceux qui ont beaucoup d'amis, le plaisanta Voltaire : souvent, ils se révèlent plus sympathiques qu'il n'y paraît.

La diète portait Linant à l'extrême limite du désespoir. Il parlait de s'aller noyer si l'on continuait de lui imposer ce parangon de perfection. Pour l'occuper, Voltaire saisit une liasse au hasard et la lui donna à copier. Linant retourna dans sa chambre, où il médita sur le triomphe des flatteurs et sur les infortunes de la vertu. Il avait perdu un matelas, son appétit, l'exclusivité de son protecteur, sa chute n'aurait plus de fin.

Quand il se résigna à commencer, il découvrit, au dos d'un feuillet, un griffonnage qui lui sembla susceptible d'améliorer son sort.

Sur le palier, Émilie était perplexe. Le chambranle s'ornait de grosses têtes blanches d'*allium vulgare*.

– Qu'est-ce donc que ces gousses d'ail, sur votre porte ? demanda-t-elle en entrant dans le salon.

– C'est joli, ça parfume, répondit Voltaire.

Il n'entendait pas laisser la moindre chance aux incarnations maléfiques, fussent-elles imaginaires.

Linant parut tel un croisé, brandissant un feuillet en guise de glaive. Le petit gueux qu'on lui imposait en surcroît du grand gueux s'était servi d'une page d'*Adélaïde du Guesclin* pour dessiner ses bêtises infantiles. Il exhiba la preuve du délit qui allait provoquer le renvoi du coupable et la restitution de son matelas.

Voltaire ne voyait pas dans la dénonciation d'un orphelin un acte très philosophique. Il se sentit enclin à pardonner. Le chérubin avait gribouillé une sorte de gobelin coiffé d'une perruque trop haute et trop longue, qui donnait la main à une dame chargée d'ajustements, tous deux pourvus de têtes en forme de navet.

– Il m'a dessiné ! dit le tuteur avec attendrissement. Comme c'est charmant ! Ça a de la patte, ne trouvez-vous pas ?

Si son talent se confirmait, on lui ferait suivre des études d'art, il pourrait accompagner le maître dans ses déplacements, immortaliser ses actions d'éclat, ses postures, sa plastique avantageuse, son élégance naturelle, on ferait graver ces images et on les répandrait pour la joie des lecteurs.

– En revanche, je ne vois pas qui peut être cette grosse femme, à côté de vous, dit la marquise.

Évidemment, Voltaire eût préféré que l'artiste n'utilisât pas ses œuvres à lui pour créer les siennes. On ajouta sur la liste des achats du papier et des fusains.

Comme il retournait le feuillet, Voltaire frémit. Le texte qu'il avait sous les yeux n'était pas son *Adélaïde du Guesclin*, mais cette caricature grotesque de la foire Saint-Laurent, celle-là même dont une page s'était égarée dans le manuscrit de Mlle Jouvenot.

Le cas devait être éclairci au plus tôt. Émilie fit appeler Lefèvre et l'envoya en course de l'autre côté de la ville.

– Tant que vous y serez, vous passerez à la Corne d'or me prendre quatre sols de mouches en taffetas, cela ne vous fera qu'un petit détour d'une lieue[1].

Lefèvre accepta d'aussi bonne grâce qu'il faisait toute chose. Il proposa même de s'arrêter au Grand Dispensaire et d'en rapporter un lavement

1. Environ quatre kilomètres.

pour le maître. Quand il fut sorti, l'écrivain estima qu'on le soupçonnait à tort ; on était injuste avec lui, il était parfait.

– Il devait avoir quelque autre chose à faire dehors, supputa Émilie.

Son bon ami répugnait à fouiller les affaires de personnes qui vivaient sous son toit et qui n'étaient pas réellement ses domestiques, puisqu'il n'en avait pas.

– Je n'ai autour de moi que des amis que je nourris et qui m'aident.

Linant, qui ne se considérait pas comme un ami de Lefèvre, investit la chambre, fermement résolu à démasquer le peigne-cul. Tandis qu'il remuait le linge par brassées, Émilie trouva derrière les livres un coffret dont le contenu tintait. Il était fermé, mais rien ne résiste à la science et aux épingles à cheveux des savantes. La boîte contenait de l'or et un contrat de commande pour une farce intitulée *Adélaïde du Glinglin*.

Voltaire fulmina. Le monstre s'était donc permis de composer l'immonde satire qui défigurait le beau style ! Voilà pourquoi ces travaux de copie lui prenaient tant de temps ! Et il s'enrichissait à grand train, si l'on en jugeait par la manne dans le coffret.

Émilie ne croyait pas que les bouffons des tréteaux fussent en mesure de le couvrir d'or. Elle redouta quelque entourloupe supplémentaire. À force de bousculer les volumes, ils firent tomber un papier où l'on avait tracé ce qui ressemblait fort à un modèle pour le pentagramme du fauteuil. Voilà qui expliquait la malédiction sous la tapisserie. Voltaire avait engagé un secrétaire capable de lui nuire à la demande, au bénéfice de quiconque le stipendiait.

– Votre Lefèvre fait ici sa fortune, dit Émilie. Vous vous méfierez, la prochaine fois que vous pêcherez votre personnel dans un tonneau.

Ils savaient à présent comment l'exorciste se renseignait sur les allées et venues de l'enquêteur philosophique. Chaque jour, Lefèvre vendait Voltaire à Krakenberg, de même qu'il avait vendu la parodie de sa pièce aux amuseurs. Ce copiste était plus venimeux qu'un janséniste.

– *Tu quoque fili mi*[1] *!* s'exclama l'écrivain.

L'humaine duplicité était un gouffre. Il se laissa tomber sur l'une des bergères intactes, dont il caressa le tissu couleur serin, la larme à l'œil.

– Pourtant, j'ai été bon avec lui, je l'ai vêtu !

Le costume d'abbé de Linant lui avait épargné la honte de la livrée d'ameublement ; il jubilait. Voltaire serra dans ses mains celles de son dernier fidèle.

– Heureusement que je vous ai, sanglota-t-il. L'amitié ne s'achète pas. À la rigueur, elle se vole.

1. « Toi aussi, mon fils ! », derniers mots de Jules César poignardé par Brutus.

Puisqu'ils étaient épiés, il convenait de prendre un avantage sur le fourbe westphalien. Émilie pensait que les petites manies de Mme de Coigny pouvaient leur être utiles. Voltaire en doutait :

– Elle est à moitié folle, et l'autre moitié ne vaut guère mieux.

La marquise insista. Il fallait utiliser les compétences, même des fous.

– Après tout, les écrivains sont des fous qui ont réussi, dit-elle avant de sortir.

Cette mésaventure privait Voltaire de toute énergie. Il lui fallait un lavement pour se reconstituer. Il pria Linant de lui passer, dans l'armoire, l'un de ses clystères, le gros modèle en cuir de Hongrie qui sentait le cheval. L'abbé s'empressa de le satisfaire, son retour en grâce le disposait à toutes les compromissions. L'écrivain l'envoya chez les Dumoulin, diluer de la poudre de café dans de l'eau chaude, pour un usage que les Aztèques n'avaient pas prévu.

À la morgue du Châtelet, Émilie apprit que le corps de la femme inconnue venait de partir pour le cimetière des Innocents : on ne pouvait garder les dépouilles plus de trois jours, le délai d'identification était échu.

La marquise rattrapa le tombereau, une charrette à bras, devant l'entrée du cimetière où le croque-mort venait de décharger sa triste cargaison. Depuis que les défunts avaient la réputation de courir les rues à pied et en voiture, René Hérault faisait garder l'endroit par le guet. Émilie s'apprêtait à vaincre sa répugnance pour ce lieu insalubre quand elle vit une paire de prostituées – le quartier des halles n'en manquait pas – faire des mines et multiplier les agaceries à l'intention des deux soldats. Il échappa à ces hommes, plus intéressés par ces demoiselles que par les charognes, qu'un borgne quittait les Innocents derrière leur dos avec, à l'épaule, un paquet oblong qui n'avait pas l'air d'un fagot pour sa cheminée. Émilie fit marcher son attelage après l'inconnu, qui s'en fut jeter son paquet à l'intérieur d'un carrosse noir comme l'humeur d'un lieutenant général.

Le macabre équipage suivit la rue Neuve-des-Petits-Champs et pénétra dans la cour de l'hôtel de Coigny, une demeure où Émilie avait fréquenté en de meilleurs jours. La comtesse était d'autant plus à plaindre qu'un sort comparable menaçait toutes les demoiselles bien dotées. Augustin de Coigny avait épousé des rentes. Bientôt les conjoints ne s'étaient plus supportés, le comte était parti vivre ailleurs avec les revenus de sa femme, celle-ci espérait en la fin d'un procès interminable pour recouvrer la jouissance de son bien.

Émilie tira le cordon. Certainement, la comtesse serait heureuse de la recevoir à l'heure de sa toilette, de sa dissection, ou de quelque autre loisir qu'il lui plaisait d'avoir. Le cyclope l'introduisit dans l'un des salons brillamment décatis.

Anne de Coigny était grande et portait haut sa coiffure, constituée d'une masse de cheveux bruns. Avec sa robe bleu nuit rehaussée de boutons rouge et or, ses ongles bordeaux, elle avait la prestance d'une reine d'opéra, une Andromaque toute de fierté, de solitude et de tristesse.

Elle indiqua un siège à sa visiteuse, qui fut volontiers restée debout. Si grandiose que fût le cadre dans sa décrépitude, un peu de ménage eût ajouté de la propreté sans nuire à la déliquescence.

Anne de Coigny fit servir le chocolat. Émilie était bien décidée à ne rien ingurgiter dans une maison où l'on trempait des morceaux de chairs humaines dans les baignoires. Après qu'on eut échangé les politesses d'usage – qui était allé chez la reine, comment allait la reine, ce que portait la reine –, on en vint au sujet de la visite.

– Que puis-je pour vous être agréable ? s'enquit l'hôtesse.

La marquise la pria de bien vouloir découper une couturière.

Mme de Coigny répondit qu'elle accéderait volontiers à sa demande pour lui être aimable.

Elle la conduisit dans la salle à manger, où l'autre visiteuse du jour attendait de concourir aux progrès de la science et à la distraction des épouses abandonnées. Il y avait là un beau parquet, de grands portraits, et une table couverte d'une nappe blanche comme pour un dîner, si ce n'est qu'un cadavre dévêtu y gisait. La lumière jaune d'un lustre en cristal à dix chandelles donnait à la scène une allure de messe noire. La présence du borgne, un hachoir à la main, n'ajoutait rien à la cordialité.

Anne de Coigny et son invitée enfilèrent la tenue adéquate, une large blouse qui les enveloppait tout entières, y compris les cheveux. Elle expliqua qu'elle étudiait la chirurgie à domicile, par choix.

– Certes, dit la marquise, tout le monde ne peut pas aimer la broderie.

Au reste, cette manie tenait quand même de la couture, et aussi de la menuiserie, et de la charcuterie. La comtesse suivait les leçons de médecine opératoire dispensées à l'école royale du Jardin des Plantes. Si elle pratiquait chez elle, c'était parce que même les vétérinaires ne voulaient pas des personnes du sexe, au motif qu'elles n'avaient pas la force nécessaire pour maîtriser les animaux. Sans doute passaient-ils leur temps à dompter des taureaux et croyaient-ils les dames incapables d'attraper une poule. Quant aux chirurgiens, ils entendaient que le mot « chirurgienne » désignât toujours leurs épouses. Les dissections publiques étaient ouvertes aux femmes en matière de spectacle, non pour les y former. C'était bien présomptueux de la part d'un corps qui se voyait toujours mêlé à celui des barbiers.

En attendant que le monde devînt ce qu'il devait être et cessât d'être ce qu'il était, son factotum monoculaire lui procurait de pauvres hères que les racoleurs de chair à médecine exhumaient à l'intention des facultés. On se battait à coups de pelle, la nuit, dans les cimetières, pour les dépouilles les plus convoitées. Une ou deux fois, le guet s'était étonné de voir sa voiture remplie de macchabées, mais la comtesse avait assez de relations pour n'être pas inquiétée outre mesure.

L'infirmier militaire fit brûler des herbes sur de petits réchauds, moyen très efficace, comme chacun sait, pour chasser les relents responsables des épidémies. Enfin, la comtesse se jeta sur la malheureuse comme un vautour sur une carcasse, sous l'œil d'Émilie, qui luttait pour conserver la froideur d'une femme de science aguerrie. Elle regarda son hôtesse couper les tendons au scalpel, trancher les articulations avec dextérité sur les conseils du balafré. Elle se remémora la prédiction énoncée par la tireuse de cartes à l'hôtel de Transylvanie : « Une femme sera mise en pièces sous vos yeux. » Cette partie-là s'étant vérifiée à son tour, elle attendait de pied ferme les diamants qui devaient à présent couler entre ses doigts, et le jeune homme censé les lui ôter.

Le dépiautage de couturière ne fut pas une vaine opération. La comtesse se livra d'abord à des conjectures fort judicieuses sur la vie qu'avait eue cette femme et sur celle qui l'attendait si elle eût vécu : son métier, ses maladies, ses avortements, ses fractures, tout lui fut dévoilé. Elle lisait le passé et l'avenir dans les entrailles des gens mieux que le prétentieux Krakenberg dans son verre d'eau. Mme du Châtelet admit que cet art donnait des résultats stupéfiants, bien qu'elle eût pour sa part des intérêts scientifiques moins salissants, qui ne faisaient pas voler des bouts d'estomac à travers la pièce.

Anne de Coigny examina avec soin la plaie du dos, la mesura, en fit un moulage en plâtre et compara l'empreinte avec ce qu'elle avait de lames en tout genre, ce qui n'était pas peu. Ce fut dans son nécessaire qu'elle trouva la réponse, puisque, n'ayant plus le sou, elle reprenait ses robes elle-même. L'assassin avait utilisé une paire de ciseaux à tissu, tels que ceux, par exemple, dont se servaient les tailleurs.

– Ou les jupières, compléta Émilie.

CHAPITRE VINGT ET UNIÈME

Où l'on voit un auteur maîtriser tous les aspects d'une première, hormis la langue d'agneau en gelée.

Émilie laissa Mme de Coigny terminer le dépeçage, la partie de l'exercice qu'elle préférait visiblement. L'ayant remerciée pour l'aide apportée aux enquêtes philosophiques, elle sortit respirer un air plus sain dans la rue boueuse et jonchée d'excréments.

Son cocher amena la voiture. Émilie se fit conduire à la Comédie-Française, rue des Fossés-Saint-Germain.

La maison de la jupière semblait être au centre de l'intrigue. Si l'on biffait la défunte de la liste des suspects pour la raison qu'elle était morte, quoi que soutînt la rumeur publique, et si l'on écartait aussi le jeune garçon, quelque opinion qu'on eût de l'enfance, le choix se réduisait à la cuisinière, à la femme de charge et au valet. Bien que ce dernier semblât le meilleur candidat, Émilie se souvenait qu'il était plutôt fluet, de même que la servante, contrairement à la tourneuse de broche, dotée de cette belle silhouette allongée et robuste qui avantageait si bien les cuisinières et les marquises.

Il était temps d'avertir son bon ami qu'elle avait presque identifié le coupable. Voltaire était au foyer, dans les préparatifs de sa première d'*Adélaïde*, assisté de Linant qui rayonnait. Comme elle s'enquérait de Lefèvre, on lui répondit qu'on l'avait enfermé rue de Longpont, à double tour dans un placard. Puis on avait égaré Krakenberg en exhibant un mouchoir à la fenêtre. À cette heure, il devait filer Dumoulin depuis les cabarets de Ménilmontant jusqu'aux guinguettes de la Courtille, croyant y trouver le diable et n'y rencontrant que la cirrhose.

Émilie relata avec quelle civilité la comtesse avait bien voulu découper leur couturière, dont elle venait justement de faire l'acquisition. L'écrivain s'inquiéta de voir sa marquise entretenir des relations suivies avec une telle personne :

– Vous savez, je pense, que cette femme est folle ?

– Oui, oui, mais elle vous ouvre un cadavre en experte, sans poser de questions. Vive les folles !

Hélas, bon ami n'avait plus une minute à consacrer aux assassins, fussent-ils la cuisinière de Lucifer. Il avait des invitations plein les mains, plein les poches, plein la tête, il devait coincer les comédiens pour d'ultimes raccords de jeu, de texte, de houppelandes. Elle avait résolu l'intrigue, fort bien, on avertirait le père Pollet dès qu'on aurait un moment à soi. Pour l'instant, elle devait lui fournir l'adresse de quelques brillants courtisans à faire venir, et se pomponner en prévision de la soirée. Elle jugea qu'il faisait bon marché de ses efforts.

– Je suis égoïste, je sais, s'excusa-t-il. Quand tout va bien, comment ne le serait-on pas ?

Elle se retira mécontente. Voilà la reconnaissance des hommes pour qui l'on assistait au désossage de couturières ! Elle eût aussi bien fait de suivre son mari aux armées, elle y eût vu les mêmes horreurs, mais en conservant son honneur d'épouse.

La marquise partie, Voltaire se ravisa. Elle avait raison, le vicaire devait être averti. Il décida de lui envoyer un poireau. Il griffonna un mot pour l'informer des derniers retournements : son affaire était résolue, la morale publique restaurée, on allait pouvoir diffuser les *Lettres philosophiques* quand il plairait au Cardinal. Les acteurs se faisaient servir à dîner sur place pour ne pas perdre de temps. Voltaire vit passer des godiveaux, des huîtres au parmesan, de la poularde en filets, des crèmes brûlées à l'orange. Il détourna une assiette de langues d'agneau en gelée et la fit porter au séminaire de Saint-Nicolas après l'avoir améliorée. Il fallait espérer que le père Pollet n'aurait pas l'idée de déguster ses langues trop goulûment, il eût mangé les nouvelles.

Cabotin premier, roi des philosophes, régnait sur les détails. Tout était à revoir. À commencer par la scène, telle qu'elle était, et telle que Voltaire ne voulait plus qu'elle fût. Trois rangs de banquettes l'encadraient, en plein sous les lustres. On y asseyait les petits-maîtres les plus mal élevés, qui payaient fort cher, non pour le plaisir de voir les acteurs de dos mais pour se montrer de face. Ces messieurs s'habillaient de la façon la plus voyante, faisaient le commentaire du spectacle en cours et bavardaient pendant les déclamations. Voltaire se souvenait avoir vu l'un d'eux montrer à ses voisins les talents de son chien danois au beau milieu des lamentations d'Athalie. Ce n'était pas ce qu'il voulait pour son Adélaïde.

Les Comédiens rechignèrent à ôter les bancs : les places de scène étaient les plus onéreuses. L'intérêt dramatique s'opposait à l'intérêt financier. Réformer le théâtre, oui, réformer la salle, non. Il avait beau plaider pour la fondation de la tragédie médiévale, on lui répondit qu'on ne la jouerait pas dans un donjon.

La Comédie-Française pouvait contenir jusqu'à mille six cents spectateurs, en tassant bien. Voltaire eût voulu que tout Paris assistât au couronnement de son talent.

– Ne pourrait-on en mettre deux mille ?

– Bien sûr, répondit Quinault. Combien en prendrez-vous sur vos genoux ?

Voltaire avait aussi des observations à faire sur le parterre, où les gens debout étaient pressés les uns contre les autres comme dans une sédition populaire.

– Il faudrait asseoir tout ce monde-là sur des sièges.

– Pour leur confort ?

– Pour que nous soyons à même de repérer ceux qui sifflent !

Quand on aurait mis au point un système pour gifler les siffleurs, la salle serait parfaite. En outre, une position reposante eût incité le public à la sympathie envers la versification voltairienne.

– Si vous saviez combien de fois des spectateurs m'ont sifflé parce qu'ils étaient mal installés !

Les varices, les crampes et les lourdeurs de jambes étaient les grands ennemis du théâtre moderne.

Il s'était constitué une liste des personnes qui ne devaient manquer son triomphe sous aucun prétexte. Les pairs du royaume, notamment, pouvaient lui obtenir une représentation à Versailles. Les sociétaires le soupçonnèrent d'avoir fait imprimer un grand nombre de billets de faveur. Comme ils faisaient grise mine, il acheta lui-même des places pour les distribuer. Les loges à huit fauteuils loués à l'année, grillagées pour qu'on pût s'y entretenir sans être gêné par le spectacle, se distribuaient sur trois étages.

– À qui est-elle, celle-ci ? demanda-t-il en pointant le doigt sur un balcon. Au duc de Lauzun ?

Il ne va pas aimer. Dites-lui que je la lui échange contre un exemplaire dédicacé de mes *Lettres philosophiques.*

Il faisait des croix dans un carnet.

– J'ai les critiques. J'ai les gens de lettres. Il me faut les gens de cour. En province, on se fiche que M. Machin, de l'Académie, ait aimé la pièce : on juge du succès par le nombre de quartiers de noblesse présents dans la salle.

Il lui fallait quelques grands noms comme porte-drapeaux. Il sollicita la duchesse du Maine : une princesse du sang, cela vous posait un auteur. Et puis elle reprendrait la pièce dans son théâtre de Sceaux, pour un public choisi.

– Quand il le saura, mon charcutier me fera des prix.

Son émissaire répondit que la duchesse se faisait prier : elle avait souvenir de quelque occasion où il l'avait traitée avec sans-gêne.

– Elle me connaît, elle viendra.

On craignait le contraire, pour la même raison.

– Et voilà comment on cisèle un triomphe ! se félicita le dramaturge, une fois sa liste close.

Peu avant l'arrivée des premiers admirateurs, il songea que tout cela lui avait coûté fort cher. Il se demanda s'il ne pouvait pas inscrire une partie de sa dépense sur l'ardoise du théâtre, et s'en fut consulter le registre. Les sociétaires tenaient un compte précis. Tous leurs menus frais étaient notés, vérifiés, discutés, et parfois même remboursés.

Une demi-aulne de satin pour les bottines de M. Qui-
[nault : deux livres dix sols.
Des culottes neuves pour jouer dans la pièce de M. de
[Voltaire : un louis.

– Des culottes à un louis ? Ils portent des culottes à un louis ? Sait-on que je n'en porte pas de la moitié, moi qui suis philosophe ?

Son regard s'arrêta sur les dernières lignes. On avait porté mention, la veille, d'un jupon acheté à la foire Saint-Germain pour les nécessités d'*Adélaïde du Guesclin*. L'auteur se demanda tout à coup s'il ne s'était pas fait souffler le bon et laissé refiler de la dentelle sans intérêt pour laquelle on n'avait tué personne. Cette enquête était un tour de Paris des rapiats. Il verrait cela avec la direction après son triomphe. Il avait encore la claque à répartir.

La claque était le pilier d'une première. Une partie du public, mal entendue, de parti-pris, venait là seulement pour huer. Il importait de lui en opposer une autre qui ne vînt que pour applaudir. Si on n'entendait ce soir que des sifflets, les comédiens refuseraient de jouer demain.

– Pour contrer vingt démons, je dois prévoir vingt anges. Et encore, je compte serré.

C'était qu'il fallait rétribuer les claqueurs. Ils avaient à leur tête le chevalier de La Morlière, qui s'était institué chef de claque, tenait bureau au café Procope en face et se vantait de réunir jusqu'à cent cinquante vauriens à la demande. Les ouvreuses avaient reçu la consigne, elles triaient les arrivants : « Venez-vous pour applaudir ? Mettez-vous ici. Venez-vous pour siffler ? Mettez-vous là. »

À près de cinq heures et demie, heure de la représentation, on avertit l'auteur qu'un petit vieux s'était arrogé le fauteuil du duc de La Vallière. Voltaire courut voir qui avait osé poser son arrière-train sur un coussin réservé à la pairie. Il trouva, en guise de duc, le vicaire de Saint-Nicolas du Chardonnet, sa perruche à l'épaule, les mains posées sur ses genoux, dans l'attitude qu'il devait adopter pour confesser le Cardinal. Firmin Pollet montra l'un des billets de faveur, découvert sous une langue d'agneau tout à fait délicieuse. Il n'avait eu garde de manquer à la convocation.

L'émetteur du billet comprit que le duc, à ce moment, devait se demander pour quelle raison on l'informait d'une histoire de meurtre et de jupière.

– Tant pis, vous allez vous divertir, dit Voltaire.

Ce n'était pas le genre de divertissement que prisait le vicaire, il préférait la messe. L'auteur lui expliqua qu'il allait assister à un événement qui ferait date : la fondation du théâtre médiéval patriotique.

– Vous ne vous mouchez pas avec le pied, remarqua le religieux.

– Mieux vaut être orgueilleux avec raison que modeste par force, répondit Voltaire.

Son invité était venu avec l'espoir d'en apprendre un peu plus sur son affaire, qui ne lui semblait pas avancer à bride abattue.

– Au contraire ! Elle est résolue ! Ce n'est pas grâce à vous !

L'écrivain lui fit reproche d'avoir engagé un farfelu. Pollet le dévisagea avec perplexité…

– Ah ! Le farfelu exorciste !

Le sauf-conduit, surtout, passait difficilement. Voltaire se plaignit de n'en avoir pas reçu, lui, de sauf-conduit magique. Pollet affirma qu'il avait essayé de lui en procurer un, mais tout ce que le garde des Sceaux envisageait de signer à son propos, c'était une lettre de cachet. Voltaire se renfrogna. Ils vivaient à une époque où les charlatans brandisseurs d'amulettes étaient mieux traités que les philosophes, il y avait de quoi pousser des cris dans des in-quarto.

Il lui restait trois minutes pour résumer ses pérégrinations, sans mentionner les dissections de couturières par des comtesses, qui n'étaient pas faites pour plaire à l'Église. Tout cela réclamait un art de la rhétorique digne d'un ancien élève des jésuites :

– C'est alors, *horresco referens*[1] *!* – le maître du séminaire prisait sûrement les citations latines – qu'un démon cornu et griffu sauta sur moi, pauvre défenseur de la foi !

1 « Je frémis en le racontant ! », citation de Virgile.

Il eut beau tenter de convaincre son auditoire que l'ignoble Craquembert était du complot, Pollet lui supposa une dent contre les exorcistes westphaliens. Au reste, le vicaire était soulagé de savoir l'assassin à demi démasqué. Il pria le brillant enquêteur de terminer au plus vite.

– Après ça, je pourrai révolutionner la société française ? demanda Voltaire.

– Après ça, vous pourrez révolutionner ce que vous voudrez, promit le confesseur du Cardinal.

Voltaire quitta la loge tout guilleret. Le temps s'éclaircissait au-dessus de la philosophie.

Juste avant le lever de rideau, l'affluence de belles robes lui suggéra une modification de dernière minute. Il pria Quinault de supprimer quatre vers qui risquaient de déplaire aux dames. L'acteur en fut excédé : le prenait-on pour une marionnette ? À cause des innombrables changements qu'il leur avait imposés, aucune doublure ne savait son texte, on était à la merci d'un rhume ou d'une entorse.

Voltaire quitta ces coulisses peuplées de fâcheux et rejoignit sa loge. Enfin, tout était en place. L'acte final de la rénovation théâtrale pouvait débuter.

CHAPITRE VINGT-DEUXIÈME

Où l'on voit l'art dramatique finir dramatiquement.

Quatorze lustres illuminaient les décorations vert et or de la Comédie-Française. Le petit monde des premières s'était mis sur son dix-huit[1], le coup d'œil était magnifique. Voltaire partageait le devant de sa loge avec Mme du Châtelet, chargée de fleurs en tissu comme un reposoir de la Fête-Dieu. Les meilleurs parmi les apôtres étaient assis derrière. Collé à la balustrade, le héros du jour adressait à la foule des sourires et des salutations qui le payaient de tant de peines.

– Vous connaissez l'adage : si la pièce réussit, c'est que les comédiens sont bons ; si elle tombe, c'est que l'auteur est mauvais.

Une ouvreuse l'ayant prévenu qu'on éprouvait, en coulisse, un petit désagrément, il descendit

1. Il était courant de retourner sa veste pour la faire paraître neuve une deuxième fois – et deux fois neuf font dix-huit.

comme une trombe, suivi de Linant, soucieux d'entretenir son retour en grâce.

Un homme en tenue médiévale gémissait dans un fauteuil, les cheveux sous une compresse humide. Legrand fils avait été découvert évanoui, une brute l'avait assommé par-derrière. Il n'était pas en état de jouer.

– On matraque la réforme du théâtre français ! pesta Voltaire.

Le problème, c'était que personne d'autre ne savait le rôle. Il réfléchit à la vitesse d'une pomme tombant sur le crâne de Newton. Le personnage de Coucy n'était qu'une utilité, il était là pour faire avancer l'action en recueillant les confidences des uns et des autres, il ne poussait pas ces cris pathétiques, véritables moteurs de l'art réformé. L'écrivain eut une idée géniale. Il leur fallait un figurant, quelqu'un de facile à manipuler, qui n'eût aucune existence propre.

– Mon bon Linant ! Toujours là quand il le faut !

On força le gros abbé à l'intérieur d'une cuirasse, on lui enferma la tête dans un heaume qui cachait sa figure ; le métal le protégerait aussi d'une tentative d'assassinat. Il n'aurait qu'à exécuter les déplacements, qui n'étaient pas compliqués, tandis que le texte serait lu d'une voix forte par un acteur depuis l'envers du décor.

Linant mis en boîte, le rideau put se lever. La première surprise des spectateurs fut de découvrir qu'on avait décroché l'habituelle toile de fond – toujours la même – qui représentait une colonnade ornée de potiches en marbre et d'ifs à la Le Nôtre. Pour figurer la forteresse de Lille, Voltaire avait fait peindre l'intérieur d'un affreux beffroi qui évoquait fortement le Châtelet tant redouté des Parisiens.

En revanche, il n'avait pu empêcher les gentilshommes d'encombrer la scène. Les acteurs devaient se frayer un chemin dans une haie de plumes et de satin bouffant. On eût dit que les assiégeants étaient déjà dans la place.

La deuxième surprise fut de voir que le confident ressemblait à une cassette en fer-blanc. Tandis que Linant-Coucy levait les bras pour exprimer les beaux sentiments qui se bousculaient à l'intérieur de sa boîte grillagée, la Gaussin-Adélaïde tenait à voix basse une conversation avec un monsieur assis sur la banquette, qui avait un caniche sur les genoux.

– Mais qu'est-ce qu'elle fait ? demanda Voltaire.

Elle discutait avec son soupirant du jour. Cela ne l'empêcha pas de réciter ses répliques avec la flamme qui seyait aux égéries patriotiques :

Ah ! qui m'éclaircira d'un destin que j'ignore ?
Français, qu'avez-vous fait du héros que j'adore ?

Les scènes du duc de Vendôme furent houleuses. Les sujets de la Couronne acceptaient mal de voir un prince du sang dépeint en violeur fou.

L'entracte permit aux spectateurs de reprendre leurs conversations, pour ceux qui les avaient interrompues. Les moucheurs en profitèrent pour régulariser les mèches des chandelles qui composaient la rampe. Voltaire fila en coulisses vérifier que tout se déroulait au mieux, distribuer quelques directives et dire à Linant de remuer davantage.

Il trouva une terre de désolation. D'aucuns affirmaient avoir vu le diable entre les scènes trois et quatre. Voltaire craignit que l'assassin ne se fût glissé parmi les figurants. Il eût fallu faire ôter leurs casques et leurs moustaches aux hallebardiers, en se gardant des hallebardes. Déjà on relevait le rideau pour le deuxième acte.

L'apparition du duc de Nemours, le bras en écharpe, ne fut pas mieux reçue que celle de Vendôme en obsédé de la gaudriole. Quant à Linant-Coucy, la démarche raide, les bras levés, il avançait comme un canard pour déclamer d'une voix caverneuse :

Nos guerriers sur vos pas marchaient à la victoire,
Et suivre les Bourbons c'est voler à la gloire !

Le côté « patriotique » fut pris pour une vile flatterie envers le trône.

– On n'hésite devant rien, de nos jours, dit quelqu'un.

Les acteurs butaient sur certains mots.

– Pourtant, dit Voltaire, « J'eusse aimé contre un autre à montrer mon courage », c'est facile à dire, non ?

– Ce sont des fats, répondit Émilie, ils ne comprennent rien à votre génie.

– Merci, ma bonne, heureusement que je vous ai.

Au parterre, des apprentis menuisiers se permirent de danser une gigue, sans respect pour le drame qui se jouait sur scène. Voltaire se promit de les faire déclarer aliénés par la Faculté et de les envoyer tous à l'hospice de Bicêtre.

Au deuxième entracte, il courut au foyer ranimer l'ardeur de ses fidèles : si le public n'applaudissait pas, c'était par suite d'une cabale contre l'histoire de France. Il les engagea à compenser la balourdise des ignares qui ne saisissaient pas les grâces de ses répliques. Même parmi ses amis, certains gardaient les doigts au chaud dans leur manchon.

– J'ai froid aux mains, dit l'un d'eux.

– Frappez-les l'une contre l'autre, ça les réchauffera !

L'idée que le jupon risquait d'être perdu le taraudait aussi. Au lieu de suivre le troisième acte depuis sa loge, il s'affubla d'un casque et d'un plastron, se fondit parmi les hallebardiers et tâcha de soulever avec sa lance les jupes des dames d'atour d'Adélaïde.

– « Juste ciel ! quels regards, et quel accueil glacé ! » récita la Gaussin.

–« Vous me plaignez, cruelle, et vous m'abandonnez ! » répondit Grandval-Nemours.

– « Ah, cruel ! me faut-il employer les moments de vous voir à me justifier ? » dit sa partenaire.

Mlle Gaussin sentit que l'on tirait sa robe.

Nemours, suis-je réduite,
Pour vous persuader de si vrais sentiments,
Au secours inutile et honteux des serments ?

Son « Au secours » sonna comme un appel à l'aide. Un spectateur de scène se pencha sur son voisin.

– Il y a un cochon qui essaye de voir les dessous des actrices.

– C'est l'auteur.

– Beau métier.

Il y avait tant de monde sur le plateau que Quinault eut du mal à se frayer un passage pour aller déclamer sur le devant, sa posture préférée.

– Laissez passer le méchant ! clama-t-il.

« Nemours ! Ingrate ! Ah, ciel ! » dit-il en découvrant sa dulcinée dans les bras de son frère. On approchait de la partie supprimée. Voltaire tendit l'oreille. Évidemment, qu'il eût oublié la coupure ou qu'il s'en fichât, Quinault récita les vers prohibés :

L'espoir qu'on donne à peine afin qu'on le saisisse,
Ce poison préparé des mains de l'artifice,
Sont les armes d'un sexe aussi trompeur que vain,
Que l'œil de la raison regarde avec dédain !

Voltaire sentit les dames s'irriter depuis le parterre jusqu'à la galerie. Et en plus, Quinault les disait mal ! Il lorgna la corde qui ouvrait la trappe située sous les pieds de l'acteur. Elle l'attirait irrésistiblement. Les moucheurs de chandelles et les cintriers se mirent à quatre pour l'empêcher de faire choir le comédien dans les abîmes du Théâtre-Français.

Chassé de scène comme des coulisses, Voltaire remonta suivre le quatrième acte depuis sa loge, où ses amis se faisaient apporter des rafraîchissements sur son compte.

– Tout va bien, tout va très bien, tout va pour le mieux dans le meilleur des mondes, déclara-t-il en vidant d'un trait un verre de sirop.

En bas, les relations se tendaient entre l'héroïne et ses divers prétendants. Adélaïde faisait une crise de nerfs.

Non, cruel ; c'est à moi de mourir.
Quel crime a-t-il commis, cruel, que de m'aimer ?
Vous, cruel ! vous feriez cet affreux sacrifice !

VENDÔME

Je vous laisse des jours plus cruels mille fois.

ADÉLAÏDE

Coucy, contre un cruel osez me secourir !

Cela s'agitait, on sentait que l'intrigue approchait de son paroxysme.

Au dernier entracte, l'oreille de Voltaire fut attirée par la galerie. Il y avait là-haut du mouvement. Il y monta.

Ce n'était pas le diable qui menait la sarabande au paradis, c'étaient les marchands de journaux et la police. S'étant dit qu'une première de Voltaire serait un nid de libertins, les colporteurs étaient venus proposer la presse et les libelles interdits. S'étant fait le même raisonnement, le lieutenant général y avait envoyé quelques espions qui saisissaient tout ce qu'ils pouvaient. On s'injuriait à pleine voix. Les perturbateurs furent arrêtés pour être conduits à For-l'Évêque. C'était bien organisé : on avait prévu une navette entre le théâtre et la prison.

– Vous remercierez M. Hérault de faire régner l'ordre à ma première, dit Voltaire.

– Oh, ce n'est pas nécessaire : cette voiture était pour vous, répondit le commissaire Tamaillon. Nous l'appelons « la navette philosophique ».

En plein milieu du cinquième acte, un « boum » fracassant fit sursauter tout le monde. On crut qu'un mur s'était écroulé, le public allait évacuer le théâtre dans la panique. Peu désireux de discourir devant une salle vide, le duc de Vendôme interrompit ses menaces contre la vertu des jeunes filles en vertugadin.

– Mesdames, Messieurs, ne vous alarmez pas : le coup de canon fait partie de la pièce, il a été écrit par l'auteur.

– C'est sa meilleure rime, cria quelqu'un.

Enfin l'on atteignit le dénouement. Il fut alors permis aux amoureux de s'aimer, les méchants furent convertis à la raison venue éclairer le Moyen Âge depuis la rue de Longpont, tout fut pour le mieux dans la meilleure des tragédies possibles. Jusqu'au moment où l'affreux Vendôme, devenu tolérant, lança à son faire-valoir :

Es-tu content, Coucy ?

– Couci, couça ! lança un insolent depuis le parterre.

La réplique suivante, censée conclure le drame, se perdit dans les éclats de rire. On ne sut jamais si Coucy était content, nul n'entendit sa réponse : celle du parterre suffisait.

Émilie était écarlate. Son éventail craqua entre ses doigts.

– Les barbares ! Les porcs ! Ne les écoutez pas ! Ce sont des sots qui ne vous méritent pas !

Voltaire ne les écoutait pas, il était évanoui sur le sol de la loge.

CHAPITRE VINGT-TROISIÈME

Comment le diable fit son choix entre l'Église et la philosophie.

Deux ouvreurs transportèrent l'auteur inanimé dans le grand salon, où une sauterie devait célébrer sa réussite. En l'absence de vinaigre, on se rabattit sur les alcools du buffet, avec lesquels les sociétaires se consolaient d'une aventure moins fondatrice que mouvementée. Émilie fit couler du ratafia à la fleur d'oranger entre les lèvres desséchées de l'agonisant. Le père Pollet, qui avait suivi le convoi funèbre, se demandait s'il avait le droit d'accorder l'extrême-onction à un libre-penseur interdit de cimetière.

On entendait, dans la rue, les porte-falots proposer leurs lanternes aux spectateurs qui s'en allaient. La salle se remplissait pour le deuxième spectacle de la soirée, celui de neuf heures et demie. On avait programmé *Le Tuteur* de Dancourt, afin de rire un peu après ce sommet de tension dramatique.

– Comment ! Encore une comédie ? dit un mauvais plaisant qui n'avait pas pitié des moribonds.

Celui-ci gisait sur un sofa, veillé par ses personnages en costumes. Le plus empressé fut le caniche, qui reniflait avec curiosité la dépouille quasi mortuaire. Le cordial fit hoqueter le mourant.

– Naturellement ! gémit-il. Avec cette enquête idiote, je n'ai pas eu une minute à moi pour diriger les comédiens comme il aurait fallu !

Émilie rejetait la faute sur un public imbécile.

– Vous n'y avez mis aucun prêtre menteur, ils ont été déboussolés.

Pour le ranimer tout à fait, on lui indiqua le montant de la recette : quatre mille sept cent quatre-vingt-deux livres. Cela n'était pas mal.

– Ai-je été bien, maître ? s'inquiéta l'homme en armure qui transpirait sous son heaume.

– Ah, Linant ! Il n'y avait que vous qui étiez bon !

La vue du vicaire rappela à Voltaire qu'il avait un vêtement à récupérer. Seule manquait Mlle Jouvenot. Il supposa qu'elle était en train d'ôter de son arrière-train la pièce à conviction. Il se leva comme mû par un ressort, répéta « Le jupon ! Le jupon ! » et fila vers les coulisses, suivi par une troupe inquiète.

Mme du Châtelet estima qu'elle avait assez donné de sa personne pour une seule journée. Puisqu'il allait mieux, elle alla se coucher afin d'être fraîche, le lendemain, quand il faudrait le cajoler, le consoler, le veiller et lui réchauffer ses tisanes.

La loge de la Jouvenot était fermée de l'intérieur. Un léger relent de soufre s'attardait dans le couloir. Voltaire toqua.

– À l'aide ! cria une voix affolée.

Quinault et Grandval entreprirent d'enfoncer la porte à l'aide d'une colonnette en bois qui avait connu Molière. Les coups qu'ils en donnèrent s'entendirent dans tout le théâtre.

Quand le battant céda, ils virent leur camarade aux prises avec un grand énergumène qui brandissait une paire de ciseaux effilés, la tête empêtrée dans un vaste pan de tissu brodé et enrubanné. On comprit qu'elle lui avait jeté son jupon à la figure.

– Elle a de l'entraînement, dit Grandval.

Lorsque l'agresseur émergea de l'étoffe, on vit que c'était le diable. Sa face était rouge et grimaçante, une paire de pieds fourchus dépassait de sous sa cape. N'importe qui lui eût abandonné ses sous-vêtements sans discuter.

Comme nul n'osait approcher du démon, tout excommuniés que fussent les comédiens, celui-ci en profita pour s'échapper de la pièce, sa culotte dans une main, les ciseaux dans l'autre.

– Rattrapez ce jupon ! cria Voltaire.

Les sociétaires poursuivirent le fugitif à travers les entassements de cartons peints, les cordes, les cintres roulants, bousculant les acteurs comiques qui faisaient claquer les portes du plateau, semant le trouble dans la farce de Dancourt, qu'il fallait soutenir coûte que coûte, sans considérer si Satan, saint Pierre ou Alexandre VI Borgia rôdaient dans les coulisses. Les comédiennes censées faire rire entraient en scène en tremblant de frayeur, blêmes sous les couches de fard.

Comme la cape se soulevait dans sa course, on vit que Lucifer était monté sur des chausses truquées qui le rehaussaient d'une tête.

– C'est un fou, dit le père Pollet.

– Non, dit Voltaire. C'est un homme qui sait exploiter la folie des autres.

Le prince des ténèbres fit volte-face pour éviter les chevaliers de 1387 qui lui faisaient barrage, aussi l'Église et la philosophie se trouvèrent-elles subitement sur son chemin. Il hésita, le poing serré sur les ciseaux.

– *Qui dabit mihi pennas sicut columbae, et volabo, et requiescam*[1] ! l'exorcisa Pollet.

Voltaire se garda de rien ajouter, ce n'était pas le moment de contredire la Bible. Il fit bien, car ce fut sur celui qui parlait que l'assassin abattit son arme. Celle-ci n'atteignit que la perruche, qui tomba à terre, les plumes rougies. Le vicaire porta la main à son cœur, vacilla, puis s'effondra dans les ifs en carton. Le tueur d'oiseaux en profita

1. « Qui me donnera des ailes comme à la colombe afin que je m'envole et trouve le repos ? » La Bible, Psaume LIV.

pour se ruer dans le magasin des accessoires et tira le verrou. C'était un réduit sans issue. Il était pris.

René Hérault pointa son nez à ce moment, tel le chat qui sent d'instinct que les souris dansent la gavotte au grenier. Mis au fait de la situation, il ordonna des mesures énergiques. Le régisseur fut certain de ne plus avoir bientôt une seule porte intacte dans son théâtre.

La réserve était vide. Le diable s'était escamoté. Il ne subsistait de son apparition qu'une écœurante odeur de soufre.

Voltaire indiqua, derrière les piles de chaises, la porte par laquelle la marquise, Linant et lui étaient remontés des carrières. On avait la main sur la poignée quand retentit un épouvantable fracas de pierres qui s'effondrent. Il ne fallait plus songer à emprunter ce souterrain : le fugitif avait dû provoquer la rupture d'un pilier, comme en témoignait l'épais nuage de poussière qui envahissait la pièce.

Assis dans un fauteuil qui était peut-être celui du *Malade imaginaire*, le vicaire n'avait plus qu'un souffle ténu. La vie le quittait en même temps que son oiseau. Un esprit mal tourné se fût demandé s'il n'était pas le seul vrai possédé de cette affaire. De toute évidence, le cœur du père Pollet était dans sa perruche.

En s'interposant entre Voltaire et l'assassin, il avait sauvé, sans y penser, l'écrivain le plus décrié par l'Église. Celui-ci se pencha sur lui.

– Mon père, vous pouvez faire plus encore : sauvez mes *Lettres philosophiques* ! Faites de leur publication votre dernière volonté !

Le père Pollet acquiesça du menton. Voltaire poussa René Hérault vers le mourant. Celui-ci leva un doigt tremblant pour désigner l'écrivain et tenta d'articuler une phrase :

– Les *Lettres*... Les *Lettres philo*...

Sa mécanique s'enraya. Au lieu de défendre la pensée moderne, il exhala son dernier soupir. Hérault lui ferma les yeux.

– Vous serez exaucé, mon père. Moi vivant, jamais ces *Lettres* ne paraîtront en France.

– Mais ! fit Voltaire. C'est le contraire qu'il voulait dire !

Le lieutenant général de police posa sur lui un regard de reproche.

– Prétendrez-vous que ce saint homme, au moment de rencontrer Dieu, pensait à faire autoriser vos attaques contre la religion ?

C'était la fatalité des grands réformateurs de ne cueillir jamais les fruits de leurs travaux. Heureusement, les grands principes aidaient à supporter les injustices. Voltaire frappa très philosophiquement du pied dans un montant du décor, qui n'était hélas pas en plâtre et dont il reçut la consolation d'un mal d'orteils et d'un soulier déchiré. La conclusion de ses efforts donnait à désespérer.

– J'essaye d'éclairer l'humanité, mais chaque fois que je bats le briquet, quelqu'un vient souffler la flammèche !

CHAPITRE VINGT-QUATRIÈME

Voltaire rencontre le diable et c'est le diable qui s'enfuit.

Tous ceux qui croyaient avoir touché le fond de l'accablement furent détrompés lorsque Augustus Krakenberg fondit sur les coulisses. Il était fâché d'avoir été égaré par de faux renseignements qui l'avaient envoyé dans les tavernes du faubourg à la recherche de Méphisto, si bien qu'il l'avait manqué à la Comédie. Il apostropha le lieutenant général, il détenait le fin mot de l'histoire : Voltaire était coupable de tout, il entravait les démarches d'un honnête nécromant et, d'ailleurs, d'autres indices très évidents pointaient vers lui. Hérault voulut connaître ces indices, qui intéresseraient fort sa hiérarchie. L'exorciste germanique prit un ton de démiurge.

– « Voltaire » a pour anagramme « Avilrote », qui est, de notoriété commune, l'un des geôliers infernaux inféodés à Satan !

La démonstration les laissa pantois.

– Monsieur vient de nous expliquer que Voltaire est un succube échappé des Enfers, traduisit le commissaire Tamaillon, très ferré sur ces questions.

– Certes ! dit Hérault. Personne n'ignore cela ! Où est la nouveauté ?

L'écrivain le tira par la manche. S'il voulait bien lui accorder un moment d'entretien entre gens sains d'esprit, il se ferait fort de lui livrer un criminel coupable de plusieurs assassinats. La mort du père Pollet le relevait de sa promesse. Il se voyait libre, à présent, de pactiser avec la lieutenance pour sauver une parution que les derniers mots du vicaire avaient bien compromise.

Il lui exposa les faits entre les faux marbres, les fausses guirlandes de roses, les vraies planches de bois peint. Il avait reconstitué des événements qui, tout compte fait, n'étaient pas plus embrouillés que l'intrigue d'une tragédie médiévale patriotique. L'assassin était le valet d'une jupière avare, enrichie, mal portante, qui cachait le gros de sa fortune dans la doublure de ses dessous. À la mort de sa patronne, il l'avait laissé enterrer avec le vêtement, certain de récupérer le trésor après les funérailles sans avoir à partager avec le reste du personnel. Hélas, la dépouille avait été détournée par les trafiquants de cadavres pour dissections anatomiques. Il s'en était d'abord pris au prêtre, soupçonné d'être un voleur – oh ciel ! en quel monde vivons-nous ! –, puis au malandrin qui dérobait les effets à l'Hôtel-Dieu, puis au fripier qui les avait achetés, puis à la couturière d'un tripot où cet article avait permis d'acquitter une dette de jeu, puis à Mlle Jouvenot, qui se l'était procuré à la foire Saint-Germain. Il s'affublait d'un déguisement qui offrait le double avantage de dissimuler son identité et de susciter un effroi superstitieux auquel seul un vrai philosophe éclairé par la raison était en mesure de résister.

– Vous comprenez ? conclut Voltaire.

– Oui, oui, dit Hérault, c'est limpide.

Et une fois qu'on aurait mis le narrateur à la Bastille, on aurait tout le temps de se faire expliquer les détails avec encore plus de clarté. Ce qu'il avait compris, c'était que le penseur en instance d'incarcération avait mené une enquête sans l'en informer, sur une série de meurtres qui relevait de sa lieutenance, avec la complicité de tout un tas de gens dont la liste allait devoir être établie avec précision.

Hérault voulut courir chez la jupière pour arrêter le valet. Voltaire doutait qu'on l'y trouvât, mais il savait un moyen de le débusquer. Le monstre laissait derrière lui un relent soufré, non parce qu'il sortait des Enfers, mais parce qu'il côtoyait cette matière dans les sous-sols en bas de chez lui. On pouvait sûrement l'attraper par les carrières, son royaume des ténèbres. Il fallait pour cela se rendre au séminaire Saint-Nicolas, où s'ouvrait l'une des bouches d'outre-tombe.

Le lieutenant général devait justement ramener le vicaire chez lui en toute discrétion dans le panier à salade. Il proposa à Voltaire d'y monter :

– Venez donc, ça vous entraînera pour plus tard.

L'inconfort, la mauvaise suspension et l'odeur fétide confirmèrent à l'écrivain qu'il désirait, à l'avenir, éviter ce genre de véhicule.

On s'entendit pour prétendre que Firmin Pollet n'était point mort au théâtre, mais dans son lit, saintement, avec tous les secours de la religion. La nouvelle que le confesseur du Cardinal était trépassé à la représentation d'une pièce de Voltaire n'eût été de bonne réclame pour personne.

À la nuit tombée, le séminaire formait une masse de grosses bâtisses fantomatiques, riantes comme une école de théologie hantée par Belzébuth. Les solliciteurs, déçus d'apprendre que le confesseur ministériel leur avait fait faux bond, avaient refusé de quitter l'antichambre, quitte à l'attendre une partie de la nuit. Ce n'étaient là que ducs en habit rouge, épouses d'officiers en mantelets et archevêques à calottes violettes venus solliciter une abbaye pour un parent, qui se mêlaient aux personnes de moindre rang en quête d'une petite cure bien située. Tous sautèrent sur leurs pieds quand la porte s'ouvrit, croyant que c'était leur bienfaiteur.

– Place à la philosophie ! clama Voltaire pour traverser le marigot.

Ce fut un tollé. Les piqueurs de coffre[1] furent scandalisés de voir un impudent littérateur imposer sa présence dans ce saint lieu, où ils étaient venus se disputer les bénéfices ecclésiastiques entre gens de bonne renommée. Quand ils virent que l'intrus était accompagné du lieutenant général et qu'on l'accueillait en homme d'importance, le ton changea.

– Monsieur, dit un président à mortier, j'ai de l'admiration pour la philosophie. Dites un mot pour moi au révérend père. L'évêché de Pau est vacant et...

Il n'eut pas le temps de finir qu'un autre s'interposait pour réclamer l'intendance de Fontevraud. Une dame convoitait le chapeau[2] pour un sien cousin qui devait avoir bien des mérites. On ne s'en pouvait défaire.

– Le père Pollet tient audience à la droite de Dieu ! déclara Voltaire. Vous le verrez dans trois jours à ses funérailles.

Le découragement tomba sur l'antichambre. Tant de patience, de flatteries, de feinte piété déployées en vain ! Ils plaignirent le pauvre homme, qui était si bon, si généreux, si accessible.

Pour les consoler, Voltaire affirma que la place de confesseur de Monseigneur revenait au vicaire de Saint-Sulpice. À l'instant, la salle se vida, tout

1. Courtisans d'antichambres.
2. De cardinal.

le monde s'en fut hanter le nouveau représentant du Cardinal sur terre.

– Nous voilà tranquilles, dit l'écrivain.

À l'inverse du père Languet, que ce raz-de-marée inopiné distrairait certainement de son combat quotidien contre les esprits forts.

Voltaire réclama des lanternes et se fit conduire à la cave. On ne fut pas long à y découvrir un passage qui communiquait avec le réseau souterrain. C'était par là que le valet maléfique s'était introduit pour faire un sort au théologien : on discernait encore les traces du bouc dans la poussière, si bien qu'aucun religieux n'accepta de les accompagner. Les adjoints de Hérault eussent fait de même si leur patron ne leur eût inspiré plus de peur que le diable.

– Je ne sais qui est le plus fou, de la personne qui a conçu ce plan, de celle qui ose nous le présenter, ou de nous, qui en discutons, dit le lieutenant général.

Il s'y engouffra, suivi de Voltaire et de quelques exempts armés. Les empreintes, bien visibles dans l'érosion de la roche, n'étaient pas difficiles à suivre.

– Nous sommes dans les carrières de Paris, expliqua l'écrivain, devenu un habitué des lieux.

Hérault déclara qu'il allait verbaliser les audacieux qui se permettaient de faire pareils trous sous sa ville. Voltaire lui souhaita bon courage pour verbaliser les Romains bâtisseurs de Lutèce et les tailleurs de pierres qui avaient édifié Notre-Dame.

– Le réseau passe sous la rue Saint-Jacques, sous la Sorbonne, il va jusqu'à la Comédie et communique avec certaines caves.

René Hérault se promit de faire murer tout cela. Voltaire songea que l'occasion eût été belle de le perdre dans ces méandres : on ne l'eût jamais revu. Hélas, la présence du nuisible magistrat était nécessaire à l'éclat de la vérité. L'impossibilité de semer un policier dans un souterrain obscur montrait combien ce monde mal fait avait besoin qu'un penseur lui rendît sa cohérence.

Ils passèrent entre les piliers tournés du Val-de-Bièvre.

– Comme c'est curieux, dit le lieutenant général.

– Nous ferons la visite une autre fois, répondit son guide en pressant le pas. Nous avons une tâche à mener à bien, souvenez-vous.

– Oui, arrêter le diable, je sais, dit Hérault, convaincu que tous les fous n'étaient pas à la surface.

Une odeur écœurante leur signala qu'ils avaient atteint la zone soufrée. Une lueur brillait dans une sorte de crypte creusée autour de soutiens concaves. Debout dans la lumière d'une lampe, le diable bouclait ses bagages. Il avait relevé son masque sur le haut de son crâne et piétinait des lambeaux de tissu dont le sol était jonché. Voltaire désigna deux objets posés sur une margelle en pierre. De loin, on eût dit une paire de bottes. Une tige servait de talon, la pointe était un sabot de bouc, le reste du soulier était en poil du même animal. Ces prothèses vous changeaient un petit bonhomme en être longiligne, effrayant, dont les traces avaient de quoi jeter les naïfs dans la confusion.

– Sapristi, dit Hérault.

L'assassin pivota vers eux, un pistolet dans chaque main. Une balle fit voler le chapeau du lieutenant général et termina sa course dans l'une des colonnes, dont un large pan se détacha. Embusqués derrière d'autres abris, les exempts répliquèrent par une série de coups de feu mal à propos, dont chacun affaiblissait la structure de la caverne. Le son répercuté en écho n'arrangeait rien. Cela s'effritait de partout. Les mains sur les oreilles, Voltaire vit qu'ils allaient tous mourir ensevelis par la faute de leur bêtise, assaillants et assailli, ce qui est la fatalité de toutes les guerres.

Il parvint à exprimer cette idée après l'épuisement des munitions, alors qu'une poudre inquiétante s'écoulait en pluie par les fissures du plafond. La police abandonna l'assassin à sa furie et se précipita vers l'escalier le plus proche.

Le conduit débouchait sur une cave qui menait au vestibule de la jupière. Le tremblement dont la maison était parcourue laissait présumer un affaissement des fondations. Ils n'avaient pas eu le temps de prendre un parti quand un choc terrible souffla de la poussière jusqu'à eux.

Dans l'accalmie qui suivit, on perçut un « toc-toc » insistant. Un importun maniait avec obstination le heurtoir de l'entrée.

C'était le mage de Westphalie, enfin parvenu au terme de son enquête, qui arrivait par la rue avec son lot d'amulettes consacrées. La servante et la cuisinière descendirent de leurs chambres en robe de nuit, charlotte sur la tête, l'épouvante sur la figure. On fut alors vraiment très nombreux à se presser dans ce vestibule étroit. C'est d'ailleurs ce qui empêcha la plupart de tomber à la renverse quand un nouveau tassement fit jaillir de la cave un tourbillon blanchâtre avec une horrible odeur soufrée.

– Nous sommes tous morts ! dit la femme de charge.

Cette idée se confirma quand on vit le diable émerger du nuage malodorant avec ses cornes, sa face rougeaude, sa cape noire et ses sabots fourchus. Comme un encombrement de policiers, de philosophes et de domestiques lui barrait l'accès à la rue, Lucifer se dirigea vers l'escalier.

Augustus Krakenberg était effaré.

– Avez-vous vu ? Je le reconnais ! C'est Astaroth !

– Oui, oui, l'encouragea Voltaire, courez lui jeter votre eau bénite à la figure !

L'édifice craquait de tous ses murs. Un exempt retint le nécromant, et l'on se jeta dehors dans la cohue, la philosophie, la force publique et la superstition se piétinant l'une l'autre pour accéder à l'air libre.

Le tohu-bohu avait réveillé le quartier. C'était partout des fenêtres éclairées, des bonnets de nuit, des curieux en pantoufles, une bougie à la main. En quelques instants, la maison de la jupière s'engloutit tout entière dans un brouillard gris et puant, avec un fracas d'apocalypse. Quand la brume sale se fut un peu dissipée, il ne resta qu'un trou au fond duquel gisaient des débris. Cette vision renforça les témoins dans l'idée que Lucifer, qui avait logé là, était retourné dans son royaume avec sa demeure. On entonna le psaume *Nolite fieri*, réputé souverain contre les manigances des anges déchus.

CHAPITRE VINGT-CINQUIÈME

Où l'on voit la philosophie changer le coton en diamant.

Le soleil se leva sur un paysage désolé. Voltaire se pencha au-dessus du gouffre où tout s'était abîmé. Ces attentats, ces meurtres, cet effroi répandu de par la ville n'avaient mené leur instigateur qu'à périr d'atroce manière. On pouvait regarder comme patent que chacun faisait son propre malheur.

Le père Pollet avait de quoi être content, au détail près qu'il était mort. Seule récompense pour la philosophie, Hérault allait avoir d'autres boucs à fouetter : il lui incombait de repérer les constructions périclitantes qui menaçaient d'emporter leurs locataires dans un monde abyssal à défaut d'être meilleur. Il n'avait plus de temps à consacrer aux morts, aux vivants, ou à ceux qui s'attardaient dans l'entre-deux.

– Vous ! lança-t-il à Krakenberg. Hors de France ! Vous avez cinq jours !

L'Allemand exhiba le sauf-conduit délivré par Mgr de Fleury. Le lieutenant général le déchira et le jeta dans le trou.

– Trois jours.

Le thaumaturge s'emporta.

– Comment ! Vous chassez un honnête exorciste et vous laissez un philosophe aller en paix !

Hérault avait son opinion. Mettre Voltaire à la Bastille, fort bien, mais c'était un braillard, on l'entendrait brailler jusque dans la lune, et jusque dans les cours d'Europe, qui ne sont pas si éloignées que la lune, et l'on recevrait de toutes parts des plaidoyers pour sa libération, et l'on ne pourrait plus se montrer à la Comédie ou dans les salons sans s'entendre réclamer sa grâce. Mieux valait le laisser dehors pour le repos des magistrats.

Il n'y avait pas moyen de faire entendre raison à Krakenberg, probablement parce que ce n'était pas une personne raisonnable.

– Vieux crocodile ! lança-t-il à Voltaire. Échappé de Bicêtre !

Le penseur haussa les épaules.

– Écrivain ! ajouta le Westphalien.

Voltaire s'échauffa. Crocodile, Bicêtre, cela glissait, mais écrivain, il ne pouvait l'accepter. On l'eût bientôt traité de Voltaire ! On pouvait vous accuser de ce que vous n'étiez pas, mais pas vous accabler au nom de ce que vous étiez.

Il s'apprêtait à répliquer avec de solides arguments philosophiques bien giflants, bien griffants, qui eussent laissé au sorcier germanique un cuisant souvenir, mais les exempts s'interposèrent. Krakenberg s'en fut en marmonnant des imprécations en bas allemand.

– Le monde est fou, dit Voltaire. Il faut être fou pour ne pas le voir.

Hérault était d'avis que l'écrivain avait un don pour se créer des ennemis.

– Seuls les médiocres ne font pas d'envieux ! rétorqua le polémiste.

La prévôté et le parlement de Paris allaient devoir prendre des mesures urgentes et coûteuses pour consolider le sous-sol. Le côté coûteux primant toujours sur le côté urgent, on commencerait par nommer une commission, et les travaux commenceraient d'ici deux générations. Cela s'appelait « œuvrer pour l'avenir ».

Quelques terrassiers marchois, arrachés à leurs réunions corporatives des Cordeliers, se présentèrent pour empêcher le trou de s'élargir aux maisons mitoyennes.

– Vous allez voir, dit Voltaire, je sais leur parler. Bigre de madré ! lança-t-il aux ouvriers.

Ceux-ci levèrent leurs pelles en signe d'assentiment.

Ils descendirent, suspendus à des cordes, fouillèrent les décombres, mais n'en retirèrent aucun corps. Voltaire espéra que l'assassin était bien mort, que les rats l'avaient mangé ou qu'une rivière souterraine l'avait englouti. Tous les autres se dirent que le démon n'était pas si facile à abattre, ils en avaient sous les yeux la preuve vivante.

Pour Hérault, le plus triste était la perte du jupon au trésor.

– Eh oui, dit Voltaire avec l'impassibilité d'un stoïcien que rien n'effleure. Adieu veau, vache, jupon.

Il pria le lieutenant général de l'excuser : il devait regagner son chez-lui. Sans doute Mme du Châtelet l'attendait-elle pour lui reprocher d'être parti courir l'aventure dans des terriers :

– Vous connaissez les femmes, vous en avez une.

Hérault compatit, il se permit même un mot :

– Pourquoi invoquer le diable alors que nous avons les femmes ?

Tandis que ce cocu notoire savourait sa propre plaisanterie, Voltaire se reprocha d'avoir négligé sa compagne.

– Les femmes tombent amoureuses de nous sans que nous sachions pourquoi, puis nous les décevons sans comprendre comment, et elles se mettent à nous détester sans que nous sachions quoi faire.

Il devait s'en retourner cultiver sa marquise s'il ne voulait pas la voir tomber dans cette extrémité. Or, depuis qu'il la connaissait, il avait pu mesurer combien les philosophes vivaient mal sans les marquises.

Émilie était rue de Longpont, comme il l'avait deviné. Linant aussi, la face rayonnante. Sagement assis à table, l'enfant dessinait – Voltaire préféra ignorer sur quel support. Lefèvre tambourinait mollement, par intermittences, à la porte de son placard.

Le débroussailleur de la bêtise humaine leur raconta sa nuit : il avait échappé à Satan.

– Mais vous nous avez ramené Belzébuth, dit la marquise, l'œil à la fenêtre.

Une ombre sinistre, qui ressemblait fort à Krakenberg, guettait la maison depuis le porche d'en face. Probablement nourrissait-il de mauvais projets à l'encontre de l'écrivain qui lui avait volé sa victoire sur Asmodée, le dieu cornu.

On libéra Lefèvre de son réduit. Sa colère d'avoir été chambré pendant plus d'une révolution d'horloge était tempérée par sa fatigue, sa soif et sa faim. On lui assura qu'on avait voulu le protéger : il était recherché par le Châtelet sur l'accusation de s'être acoquiné avec un Allemand échappé d'un asile, condamné pour hérésie, et qui devait être pendu.

Le secrétaire-valet-copiste supplia qu'on eût pitié de lui. On lui conseilla de sauter dans la diligence de Perpignan. De là, il se mettrait à l'abri des foudres judiciaires en franchissant les cols des Pyrénées. Pour que la police ne le reconnût pas, on eut la bonté de lui offrir une vieille perruque Régence, un tricorne à larges bords et une redingote du maître qui avait peut-être été volée à un mort.

– Voilà ! Avec ceci, vous passerez inaperçu où que vous alliez !

Il s'en fut, son ballot sous le bras, ses louis d'or mal acquis plein les poches.

– Puis-je ? demanda Linant.

On lui devait bien cela. L'abbé entrouvrit la fenêtre et secoua son mouchoir à l'extérieur. On vit Augustus Krakenberg emboîter le pas de la silhouette philosophique, et l'on se demanda lequel des deux atteindrait l'Espagne, ou s'ils s'entre-tueraient dans le premier coin sombre.

Voltaire était navré d'avoir suscité tant de haine envers sa personne, lui qui n'avait à l'esprit que le bien commun. Hélas, le besoin de détester était aussi vif que celui d'admirer.

– Ce qui est extraordinaire, chez vous, c'est que vous êtes utile dans les deux cas, remarqua la marquise.

Voltaire pria Linant de lui remettre « ce qu'il savait ». L'abbé tira de sous les coussins une pièce de vêtement féminin abondamment brodée. C'était un jupon de mousseline blanche orné de dentelles vénitiennes. Voltaire applaudit « ce bon et fidèle Linant qui l'avait sauvé hier de plus d'une façon ». Il était fidèle, serviable, malléable, aussi honnête qu'on pouvait raisonnablement l'espérer ; n'était-il pas le valet-secrétaire-copiste idéal ?

L'écrivain s'était douté que le jupon lancé par Mlle Jouvenot à la tête de son agresseur n'était pas le bon.

– Je savais qu'elle ne le portait pas, puisque j'avais regardé ses dessous tandis qu'elle jouait ma pièce ! Pendant que tout le monde se remettait de ses émotions, j'ai jeté un coup d'œil à sa garde-robe. Et voilà !

Il attaqua l'œuvre d'art aux ciseaux, taillada les fanfreluches et en retira une fine enveloppe de tissu. Les pierreries tombèrent en pluie dans les paumes de la marquise.

Le premier éblouissement passé, Émilie se remémora la prédiction de la voyante : « Les diamants glisseront de vos mains à celles d'un jeune homme. » À présent qu'elle avait les joyaux, elle voyait de quel jeune homme il était question. Elle reversa les brillants dans leur sac et tendit celui-ci à l'orphelin. La jupière avait été sa seule famille, cette fortune devait lui revenir, ne fût-ce que parce qu'il en avait besoin.

– Ceci va changer votre sort en destin, prédit-elle.

Voltaire reprit la bourse : cela n'était pas pour jouer aux billes. Il connaissait quelques placements bien solides, grâce auxquels cet argent prospérerait en attendant la majorité de son propriétaire, vers vingt-huit ans. Quant au petit riche, on l'inscrirait comme interne dans un collège où de bons maîtres jésuites lui apprendraient tout ce qu'un honnête homme doit savoir pour décider lui-même s'il veut être un sot, un fanatique ou un philosophe.

L'avenir de l'écrivain était moins souriant.

– J'ai créé la tragédie nationale et personne ne s'en est aperçu !

– Si, si, on s'en est aperçu, je vous assure, dit Émilie.

Il résolut d'adapter son *Adélaïde*. Puisque les Français n'avaient pas aimé qu'elle se déroulât chez eux, l'action serait désormais à Tolède. On lui conseilla de descendre plus au sud, au moins chez les Zoulous.

À dire vrai, si le public n'avait guère admiré ses vers, l'ambiance de sarabande durant la représentation avait plutôt laissé une bonne impression. Les comédiens pensaient rejouer une dizaine de fois.

– C'est honorable, estima la marquise.

– Honorable ! Honorable ! Est-ce avec de l'honorable que je vais révolutionner le théâtre ? Et laisser mon nom dans l'histoire ? Je ne comptais pas m'effacer « honorablement » ! Ce fiasco aura pour conséquence de me voir oublié en toute honorabilité !

– Allons ! Vous trouverez bien quelque autre chose à révolutionner, dit Émilie.

Certes. Mais il allait devoir chercher encore. C'était désespérant.

Il ne retirait rien de glorieux de cette enquête. Une seule idée le consolait. Il se plut à penser qu'avec un peu de chance, nul n'en saurait jamais rien.

REPÈRES BIOGRAPHIQUES

1694 Naissance de François-Marie Arouet à Paris.

1704 François-Marie perd sa mère. Il entre chez les jésuites de Louis-le-Grand. Ninon de Lenclos lui lègue mille francs pour acheter des livres.

1706 Naissance d'Émilie Le Tonnelier de Breteuil.

1717 Premier séjour à la Bastille.

1718 Succès d'*Œdipe* au théâtre.

1719 François-Marie Arouet prend le nom de Voltaire.

1721 Il tire profit de la débâcle du Système de Law.

1722 Mort de M. Arouet père.

1726 Voltaire est bastonné sur ordre du chevalier de Rohan. Second séjour à la Bastille. Exil en Angleterre.

1731 La police saisit l'*Histoire de Charles XII*. Voltaire s'installe chez Mme de Fontaine-Martel.

1732 Succès triomphal de sa tragédie *Zaïre*.

1733 Mort de Mme de Fontaine-Martel. Début de la liaison avec Émilie du Châtelet. Publication à Londres des *Lettres philosophiques*.

1734 Condamnation des *Lettres philosophiques* au pilori et au feu. Fuite en Lorraine chez les du Châtelet.
1738 Expériences scientifiques avec Émilie.
1745 Séjour à Versailles grâce à la marquise de Pompadour. Voltaire est nommé historiographe de Louis XV.
1746 Élection et réception à l'Académie. Voltaire est nommé gentilhomme ordinaire de la chambre du roi.
1747 Rédaction de *Zadig*. Difficultés à la cour. Incident chez la reine. Voltaire se cache dans un grenier.
1748 Séjour à Nancy, chez le roi Stanislas. Voltaire surprend Émilie dans les bras de Saint-Lambert.
1749 Émilie meurt en couches.
1750 Départ pour Berlin comme chambellan de Frédéric II. Voltaire ne reviendra plus à Paris de vingt-huit ans.
1753 Voltaire se brouille avec Frédéric II et fuit Berlin. Arrestation d'un mois à Francfort. Louis XV lui interdit Paris.
1754 Séjour à Genève.
1755 Installation aux *Délices*, près de la frontière suisse.
1758 Achat de Ferney et de Tournay au président de Brosses. Procès avec le libraire Grasset.
1759 Publication de *Candide*.
1760 Rupture avec Jean-Jacques Rousseau.
1762 Début de l'affaire Calas.
1765 Réhabilitation de Calas.

1766 Exécution du chevalier de La Barre. Tentative pour faire réhabiliter le comte de Lally-Tollendal.

1778 Retour à Paris. Voltaire est reçu à la loge des Neuf Sœurs. Il décède chez le marquis de Villette. Mort de Rousseau trois jours plus tard. Enterrement clandestin de Voltaire dans l'abbaye de Sellières à cinq heures du matin.

CITATIONS D'ÉPOQUE

L'abbé Linant vient d'arriver. Il est bien mal logé chez moi, mais ce n'est pas ma faute, c'est la sienne. Il a trouvé en arrivant un compagnon que je lui ai donné et dont je crois qu'il sera content. C'est un jeune homme nommé Le Fèvre qui fait aussi des vers harmonieux, et qui est né, comme Linant, poète et pauvre. Je voudrais bien que ma fortune fût assez honnête pour leur rendre la vie plus agréable, mais n'ayant point de richesses à leur faire partager, ils daignent partager ma pauvreté. Je ne suis point comme la plupart de nos Parisiens, j'aime mieux avoir des amis que du superflu, et je préfère un homme de lettres à un bon cuisinier et à deux chevaux de carrosse. On en a toujours assez pour les autres quand on sait se borner pour soi.

Voltaire, *Correspondance*, octobre 1733.

Voltaire vient de se laver aux yeux du public de ce soupçon d'avarice qu'on a conçu de lui mal à propos. Il a retiré près de lui deux jeunes gens qui étaient sans fortune et à qui il a reconnu des talents. Il les nourrit en gens honorables et non en poètes, leur fournit un honnête entretien, leur ouvre son cœur, sa bourse, et tous les trésors de son art.

Journal de la cour et de Paris.

Le principal théâtre de mes exploits devait être l'hôtel de Transylvanie, où il y avait une table de pharaon dans une salle et divers autres jeux de cartes et de dés dans la galerie. Cette académie se tenait au profit de M. le prince de R., qui demeurait alors à Clagny, et la plupart de ses officiers étaient de notre société.

Abbé Prévost, *Manon Lescaut*, 1731.

M'étant couchée comme vous savez à sept heures du matin, il fallut me lever à dix. Nous fûmes alors répéter *Zaïre* (et j'ai oublié de vous dire hier qu'après souper nous avions fait une répétition des trois premiers actes, ce qui faisait en réalité trente-sept actes dans notre journée d'hier). Nous répétâmes donc *Zaïre* le mardi gras jusqu'à dix heures. Il y avait des accrocs à tout moment. M. de Voltaire nous chantait pouille. Je jouai le papier à la main ; tout le reste allait fort mal, Voltaire habillé comme un chienlit[1]. Et, malgré cela, de ma vie je n'ai jamais tant pleuré à une tragédie parce que le peu qu'il jouait était divin, il savait fort peu ou point son rôle ; il était impatienté de ne le point savoir, et il s'en prit tout à coup à son valet de chambre qui était notre souffleur. Il imagina que c'était la faute de ce pauvre diable. Enfin, après l'avoir

1. Personnage de carnaval.

bien grondé de ce qu'il soufflait trop, du haut de la fierté ottomane, il lui cracha au nez avec fureur, et les acteurs et les spectateurs se mirent à rire aux éclats. Ce n'est pas une plaisanterie, ce que je vous dis là.

Mme de Graffigny, *Correspondance*.

Chaque jour, le poète était à la porte du comédien pour lui communiquer les corrections de son rôle. L'acteur faisait dire qu'il était sorti. Voltaire ne se décourageait point. Il montait à la porte de l'appartement et glissait ses nouveaux vers. Quinault ne les lisait pas. L'auteur eut alors recours à un plaisant stratagème. Il fit faire un pâté de perdrix et le lui envoya. La surprise égala la curiosité à la vue de douze perdrix tenant chacune dans leur bec plusieurs billets qui contenaient tous les vers qu'il fallait ajouter, retrancher ou changer.

Abbé de la Porte, *Anecdotes dramatiques*.

Pour lui remontrer combien elle était éloignée de la situation de son rôle, il lui dit : « Mademoiselle, figurez-vous que Mahomet est un imposteur, un fourbe, un scélérat qui a fait poignarder votre frère, qui vient d'empoisonner votre père et qui, pour couronner ses bonnes œuvres, veut absolument coucher avec vous. Si tout ce petit manège vous fait un certain plaisir, ah ! vous avez raison de le ménager comme vous faites. Mais pour peu que cela vous répugne, voilà comment il faut vous y prendre… » Alors, joignant le précepte à l'exemple, M. de Voltaire récita lui-même ces imprécations devant la pauvrette rouge de honte.

Lekain, *Mémoires*.

Il faudrait une brochure entière pour écrire les extravagances qu'il a faites pour faire applaudir, animant ses partisans, distribuant ses fanatiques et ses applaudissements soudoyés. Tantôt dans le foyer, tantôt dans l'amphithéâtre et plongeant sur le parterre, il s'écriait : « Ah ! les barbares, ils ne sentent pas la beauté de ceci ! », et, se retournant du côté de ses gens, il leur disait : « Battons des mains, mes chers amis ! Applaudissons ! », et il claquait sa pièce de toutes ses forces.

Charles Collé, *Journal historique*.

Ma tragédie fut sifflée dès le premier acte ; les sifflets redoublèrent au second, quand on vit arriver le duc de Nemours blessé et le bras en écharpe ; ce fut bien pis lorsqu'on entendit, au cinquième, le signal que le duc de Vendôme avait ordonné, et, lorsqu'à la fin le duc de Vendôme disait : « Es-tu content, Coucy ? », plusieurs bons plaisants crièrent : « Couci-couça ! » Vous jugez bien que je ne m'obstinai pas contre cette belle réception.

Voltaire, *Correspondance*.

Le père Pollet mourut pieusement au mois de janvier. C'était une grosse perte pour Saint-Nicolas. Aux obsèques assistèrent toute la paroisse et quantité de seigneurs. Toute l'assemblée, malgré la pluie, suivit le corps au cimetière. Le prédicateur, le père Faverays, défendit aux fidèles d'invoquer ce saint nouveau pour ne pas imiter les jansénistes, qui faisaient des saints en abondance.

Père Schoenher, *Histoire du séminaire de Saint-Nicolas du Chardonnet*.

La mort prématurée de la comtesse de Coigny fut attribuée au mauvais air que lui faisait souvent respirer son étrange passion pour l'anatomie. Elle passait pour ne jamais voyager sans avoir un cadavre sous la bâche de sa voiture.

Journal des inspecteurs de M. de Sartine.

Passez par le charnier qu'on appelle Saint-Innocent ; c'est un vaste enclos consacré à la peste ; les pauvres, qui meurent très souvent de maladies contagieuses, y sont enterrés pêle-mêle ; les chiens y viennent quelquefois ronger les ossements ; une vapeur épaisse, cadavéreuse, infectée, s'en exhale ; elle est pestilentielle dans les chaleurs de l'été après les pluies ; et presque à côté de cette voirie est l'Opéra, le Palais-Royal, le Louvre des rois !

Voltaire, *Dictionnaire philosophique.*

À l'égard de la superstition de voir l'avenir dans une tasse, elle dure encore. Il faut se tourner vers l'Orient, prononcer « *abraxa per dominum nostrum* » ; après quoi on voit dans un verre plein d'eau toutes les choses qu'on veut. On choisit d'ordinaire des enfants pour cette opération ; il faut qu'ils aient leurs cheveux : une tête rasée ou en perruque ne peut rien voir dans le verre. Cette facétie était fort à la mode.

Voltaire, *Questions sur l'*Encyclopédie.

Quoi ! c'est dans notre XVIIIe siècle qu'il y a eu des vampires ! [...] Ces vampires étaient des morts qui sortaient la nuit de leurs cimetières pour venir sucer le sang des vivants, après quoi ils allaient se remettre dans leurs fosses. Les vivants sucés maigrissaient, pâlissaient, tombaient en consomption ; et les morts suceurs engraissaient, prenaient des couleurs vermeilles, étaient tout à fait appétissants. C'était en Pologne, en Hongrie, en Silésie, en Moravie, en Autriche, en Lorraine que les morts faisaient cette bonne chère. On n'entendait point parler de vampires à Londres, ni même à Paris. J'avoue que dans ces deux villes il y eut des agioteurs, des traitants, des gens d'affaires, qui sucèrent en plein jour le sang du peuple ; mais ils n'étaient point morts, quoique corrompus. Ces suceurs véritables ne demeuraient pas dans des cimetières, mais dans des palais fort agréables.

[...] Après la médisance, rien ne se communique plus promptement que la superstition, le fanatisme, le sortilège et les contes des revenants. On n'entendit plus parler que de vampires depuis 1730 jusqu'en 1735 ; on les guetta, on leur arracha le cœur, et on les brûla : ils ressemblaient aux anciens martyrs ; plus on en brûlait, plus il s'en trouvait.

[...] Les rois de Prusse furent, dit-on, les premiers qui se firent servir à manger après leur mort. Presque tous les rois d'aujourd'hui les imitent ; mais ce sont les moines qui mangent leur dîner et leur souper, et qui boivent leur vin. Ainsi les rois ne sont pas, à proprement parler, des vampires. Les vrais vampires sont les moines, qui mangent aux dépens des rois et des peuples.

Voltaire, *idem.*

Le diable s'habille en Voltaire

On a déjà dit que plus de cent mille prétendus sorciers ont été exécutés à mort en Europe. La seule philosophie a guéri enfin les hommes de cette abominable chimère, et a enseigné aux juges qu'il ne faut pas brûler les imbéciles.

Voltaire, *idem*.

COMMENT DEVENIR UN PHILOSOPHE VOLTAIRIEN,
par l'auteur du présent ouvrage.

1. Faites vos études chez les jésuites. Ils feront de vous un maître en rhétorique et vous aurez vu votre adversaire de près.

2. Fréquentez les cafés où se rencontrent les philosophes, les savants et les acteurs. Les acteurs mènent aux actrices. Les actrices mènent à tout.

3. Montrez-vous dans les salons. Devenez l'ami des dames qui reçoivent : elles vous enverront pour vos étrennes des culottes de peau et des pâtés. Raillez toutefois la superficialité des conversations qu'on y entend.

4. Expliquez aux génies scientifiques comment vendre leurs livres. Mieux : expliquez à vos lecteurs ce qu'il y a de bien dans ces théories, vous ferez d'une pierre deux coups.

5. Glissez dans vos tragédies quelques tirades qui pourront être interprétées contre le pouvoir : la critique du gouvernement français passe par la Perse.

6. Faites paraître vos opinions dans la presse, mais la presse étrangère, mais la presse interdite, mais sous

un faux nom. Ne signez rien. Répandez vos pamphlets par brassées, puis niez en être l'auteur, mais pas trop fort : plus on vous entendra crier qu'ils ne sont pas de vous, plus on croira le contraire.

7. Égarez la police. Écrivez votre courrier en latin, en anglais, en italien, en chiffres, faites de vos lettres un rébus. N'oubliez pas que l'on paye des exempts pour espionner les philosophes. Même les jardins publics sont pleins de mouchards. La police ira en recruter jusque chez vos confrères jaloux. Aussi grande que soit votre gloire, vous resterez toujours un individu suspect.

8. Cultivez l'amitié des puissants, des ducs, des princesses, des ministres. Ils auront toujours un château, une soupente où vous cacher, ils vous préviendront de l'imminence d'une lettre de cachet, surtout s'ils l'ont eux-mêmes signée.

9. Choisissez bien vos ennemis. De grands ennemis posent un homme de lettres, bien plus que ses amis.

10. Si vous voulez attaquer l'Église, défendez les protestants, même si leurs convictions vous sont encore plus désagréables. Dénoncez les injustices : elles seules font les grandes causes qui font les grands hommes.

11. Intriguez pour obtenir un fauteuil à l'Académie française, mais sans l'avouer. Demandez une recommandation au pape. Adressez-lui un exemplaire de votre pièce sur Mahomet : personne n'aime la concurrence.

12. Enrichissez-vous, la fortune vous affranchira des tutelles. Au besoin, prêtez à intérêt, même si vous avez crié contre les usuriers.

13. Faites comme s'il n'y avait pas de roi en France, n'en parlez jamais, oubliez-le ; peut-être vous oubliera-t-il. Souvenez-vous qu'une vague allusion aux frasques du Régent vous a valu un an de Bastille. Audace n'est pas témérité.

14. Dénoncez les lettres de cachet ; mais si on vous attaque, réclamez-en contre vos diffamateurs. Moquez-vous, votre rire fera tomber des murailles ; mais n'acceptez jamais que l'on rie de vous.

15. Soyez patriote et citoyen du monde. Soyez philosophe : cela nécessite d'avoir de la philosophie, non d'en écrire.

16. Croyez au progrès. Défendez l'égalité devant la loi. Prônez la tolérance. On vous pardonnera tout le reste.

17. Séduisez l'opinion publique. Si elle n'existe pas, créez-la.

18. Ne réclamez rien que la société ne puisse entendre : elle ne changera jamais qu'autant qu'elle le voudra bien.

19. Défendez votre honneur, surtout si l'on vous soutient que vous n'en avez pas. Si l'on vous inflige des coups de bâton, détruisez l'arbitraire.

20. Faites de votre vie votre chef-d'œuvre.

PHOTOCOMPOSITION PCA

CET OUVRAGE A ÉTÉ IMPRIMÉ EN FRANCE
PAR CPI BUSSIÈRE
À SAINT-AMAND-MONTROND (CHER)
EN MARS 2013

JC Lattès s'engage pour l'environnement en réduisant l'empreinte carbone de ses livres. Celle de cet exemplaire est de :
750 g éq. CO_2
Rendez-vous sur www.jclattes-durable.fr

PAPIER À BASE DE FIBRES CERTIFIÉES

N° d'édition : 01. — N° d'impression : 2001849.
Dépôt légal : mars 2013.